"الخلق والتطور وحقيقة الخلق الإلهي وسقوط الأساطير"

"Creation and Evolution: The Reality of Divine Creation and the Fall of Myths"

المؤلف: مازن البس

قائمة المحتويات

الْخَلْقُ وَالتَّطَوُّرُ: حَقِيقَةُ الْخَلْقِ الْإِلهِيِّ وَسُقُوطُ الْأَسَاطِيرِ

تَأْلِيفُ: م. يَزْنُ آلبَسّ

الإهداء

إلى روح والدتي ووالدي الغاليين، اللذين رحلا عن هذه الدنيا، ولكن ذكراهما باقية في قلبي إلى الأبد.

أهدِ هذا الكتاب إليكما، وأجعل أجره عن روحكما الطاهرة، راجيًا من الله أن يرحمكما ويسكنكما فسيح جناته.

الشكر والتقدير
أود أن أتقدم بجزيل الشكر والتقدير لكل من دعم هذا العمل، سواء كان معنويًا أو فكريًا.
أخص بالذكر عائلتي وأصدقائي الذين ساندوني في هذا المسعى. كما أشكر كل من ساعد في
نشر العلم والمعرفة، وأخص بالشكر كل قارئ يسعى للبحث عن الحقيقة.

◆────●────◆

ملاحظة
أجعل أجر هذا العمل صدقة جارية عن روح والدتي ووالدي، راجيًا من الله أن يكتب لهما
الخير والمغفرة.
ويهدف هذا الكتاب إلى تسليط الضوء على بعض القضايا المهمة في العلوم والخلق، وهو
ليس للجدل أو التعصب، بل لدعوة للتفكر والتدبر في الكون والإيمان بعظمة الخالق.
للتواصل:
البريد الإلكتروني: yazanletsgo1@gmail.com
فيسبوك: https://m.facebook.com/yazanalbess/
رقم الجوال: 00962782841001

تمهيد:

الحمد لله الذي خلق السماوات والأرض، وأبدع كل شيء في هذا الكون بقدرته العظيمة، وأشهد أن لا إله إلا الله، وأشهد أن محمدًا عبده ورسوله. أما بعد،

يستعرض هذا الكتاب قضية من أعمق القضايا البشرية التي شغلت البشرية عبر العصور: الخلق والتطور. في هذا العمل، نغوص في تفسير الخلق من خلال lens إسلامي، متسائلين عن حقيقة ما تم طرحه من نظريات علمية تؤكد التطور وتفسير الكون من منظور مادي بحت. من خلال بحث دقيق وتحليل علمي عميق، سأستعرض حججًا علمية وفكرية تدحض هذه النظريات، مقدما تفسيرًا إسلاميًا للخلق يتماشى مع الحقائق التي لا يتعارض فيها العقل مع النقل.

الكتاب لا يقتصر فقط على دحض مفاهيم التطور أو فهم الخلق فقط، بل هو دعوة للتفكر والتأمل في عظمة الخالق، والعودة إلى الفطرة السليمة التي تدعونا للإيمان بعقلانية في حقيقة الخلق والكون.

أرجو أن يكون هذا الكتاب إضافة علمية وفكرية لكل قارئ يبحث عن الحقيقة، وأن يكون بمثابة دعوة صادقة للعودة إلى الإيمان والفطرة، بعيدًا عن التأثيرات الفكرية المضللة التي تسعى لتشويه الحقائق.

والله ولي التوفيق.

الفصل الخامس: الحجج العلمية لدحض نظريات التطور والخلق الكوني

ثغرات علمية في النظريات الحديثة: تقديم الأدلة العلمية على عدم كفاية النظريات الحالية في تفسير الخلق.

الأدلة التجريبية: التجارب العلمية التي تدعم فكرة الخلق الإلهي.

إثبات الاستحالة الاحتمالية للتطور العشوائي: كيف يستحيل علمياً أن تكون الحياة نتاج صدفة.

الفصل السادس: نظريات بديلة من التراث العلمي الإسلامي

علماء الإسلام ونظرياتهم في الخلق: استعراض آراء العلماء المسلمين حول خلق الكون والإنسان.

ابن سينا والرازي والفارابي: رؤية علمية تتفق مع الدين: كيف قدم هؤلاء العلماء رؤى للخلق تتفق مع النصوص الدينية.

إحياء العلم الإسلامي في مواجهة النظريات الحديثة: كيف يمكننا تطوير العلم الإسلامي ليواجه تحديات العصر.

الفصل السابع: الفطرة والعقل ـ دليل الإنسان على الخلق

العقل والخلق: دليل الفطرة السليم: كيف أن الفطرة والعقل يتجهان نحو الإيمان بالخلق.

الإنسان وعجزه عن إدراك الكون كاملاً: توضيح محدودية العلم البشري في تفسير الكون والخلق.

الفصل الثامن: الرد على الإلحاد العلمي

أصل الإلحاد في العلوم الحديثة: كيف ساهمت العلوم في تقوية الحركات الإلحادية.

تفكيك حجج الملاحدة العلمية: تحليل الردود العلمية والفلسفية على حجج الإلحاد.

التوفيق بين العلم والإيمان: تقديم رؤية تجمع بين العلم والدين دون تناقض.

الخاتمة:

ملخص الأفكار: إعادة التأكيد على أهمية التفريق بين الحقائق العلمية والنظريات غير المثبتة.

دعوة للعودة إلى الفطرة: دعوة للقارئ للتفكر في الخلق والعودة إلى الإيمان والفطرة.

المراجع:

قائمة بالمصادر التي استندت إليها في نقد النظريات العلمية وشرح الرؤية القرآنية.

المقدمة:

أولا:

مقدمة الكاتب: لمحة عن سبب تأليف الكتاب وأهميته

منذ أن بدأ الإنسان يتساءل عن أصل الكون ومصدره، حاول العلماء والفلاسفة والباحثون تقديم إجابات شتى تتفاوت بين الحقيقة والوهم، وبين الإيمان والعقل. لكن، في الوقت الذي كان فيه الإنسان يحاول البحث عن أصل الخلق، كانت هناك محاولات مستمرة لتجاهل حقيقة أن الله هو الخالق الأوحد لهذا الكون، وأن الخلق لم يكن صدفة أو مجرد عملية عشوائية، بل هو تخطيط إلهي دقيق وموجه من قبل أسمى العقول.

الكتاب الذي بين يديك، يأتي في وقت يواجه فيه العالم موجات عارمة من الانحرافات الفكرية والعلمية التي تحاول تفسير الخلق من خلال فرضيات مناقضة للحقائق الدينية. أطلقت هذه التفسيرات والنظريات، مثل "نظرية الانفجار العظيم" و"نظرية التطور"، لتوهم الناس بأن العلم قد وصل إلى معرفة أصول الكون والحياة. ولكن هذه النظريات ليست أكثر من خرافات وأباطيل تُروج بناءً على أيديولوجيات مادية وعلمية تهدف إلى طمس الحقيقة التي جاء بها القرآن الكريم.

في هذا الكتاب، سأسلط الضوء على الحقيقة الإلهية كما جاء في القرآن الكريم، وأتناول الأدلة العقلية والعلمية التي تدحض هذه النظريات. سيكون الكتاب بمثابة محاولة لتوضيح الفرق بين ما يُدعى "العلم" الذي تبنته المجتمعات الحديثة، وما قدمه القرآن الكريم من رؤى دينية ثابتة وصحيحة حول خلق السماوات والأرض والإنسان. سأبني في فصول الكتاب على الآية الكريمة التي أعتبرها الأساس المتين الذي يقف عليه هذا العمل: "ما أشهدتهم خلق السماوات والأرض ولا خلق أنفسهم وما كنت متخذ المضلين عضدا" (القرآن، سورة الكهف، 51). هذه الآية، التي تظهر بوضوح أن الإنسان لا يملك علمًا يقينيًا حول أصل الكون والخلق، تؤكد أن كل ما يدعيه العلماء عن خلق الكون والحياة هو محض تكهنات تفتقر إلى الأدلة القاطعة.

أهمية الكتاب

أهمية هذا الكتاب تكمن في أنه يُسهم في إعادة تقييم الفهم البشري للخلق، ويطرح تساؤلات مشروعة حول النظريات السائدة في مجالات الفلك وعلم الأحياء والكونيات. كما يهدف الكتاب إلى تصحيح المفاهيم الخاطئة التي تم تبنيها على مر العصور، ويعطي القارئ فهماً أعمق وأوضح حول العلاقة بين العلم

والدين، وكيف يمكن للإنسان أن يتوجه إلى الحقائق الإلهية، التي كشف عنها القرآن، بدلاً من السير في طرق مليئة بالشكوك.

<u>الهدف من الكتاب</u>

الهدف الرئيسي لهذا الكتاب هو تقديم رد علمي وفكري على النظريات التي تسعى لتفسير الخلق بطريقة تتناقض مع الحقيقة القرآنية، مع تسليط الضوء على الأدلة العقلية والتجريبية التي تدعم رؤيتنا الإسلامية للكون والإنسان. من خلال الكتاب، نسعى إلى تعزيز فهم القارئ بأن الكون بكل تعقيداته ليس نتيجة لعوامل عشوائية، بل هو نتاج تصميم إلهي عظيم، وأن الخلق لا يقتصر على الأرض فقط، بل يشمل السماوات وكل ما فيها من كائنات وأجرام.

إضافة إلى ذلك، سيكون هذا الكتاب مرشدًا للأجيال القادمة ليتفكروا في المعجزات التي ذكرها القرآن حول الخلق، وتفتح أمامهم آفاقًا جديدة للبحث والتأمل في كيف يتناغم العلم مع الإيمان، وكيف يمكن أن نرى في كل جانب من جوانب الكون دلائل على عظمة الخالق.

◆━━━●━━━◆

ثانيا:

الآية الكريمة كمحور أساسي: تحليل آية (ما أشهدتهم خلق السماوات والأرض ولا خلق أنفسهم...) وأثرها في فهم الخلق

إنَّ القرآن الكريم، الذي هو كلام الله الأزلي، يطرح على الإنسان العديد من الأسئلة والمواضيع التي تدعوه للتفكر والتأمل في خلق السماوات والأرض والحياة. ومن بين هذه الآيات التي تحتوي على أعمق المعاني، تبرز آية "ما أشهدتهم خلق السماوات والأرض ولا خلق أنفسهم وما كنت متخذ المضلين عضدا" (القرآن، سورة الكهف، 51). هذه الآية تعد من الآيات الجوهرية التي تضيء لنا الطريق لفهم أعمق وأصدق لطبيعة الخلق وعلاقته بالإنسان.

في هذه الآية، يُنَبه الله تعالى الإنسان إلى أنَّه لا يملك القدرة على إدراك حقيقة الخلق بشكل كامل. بل هي من أشياء غيبية لا يستطيع أحد أن يشهدها أو يدرك تفاصيلها إلا من خلال الوحي الإلهي. هذه الآية تكشف بوضوح عن محدودية الإنسان وعقله، حيث تُؤكد أنَّ علم الإنسان في شأن الخلق قاصر، ولا يمكنه معرفة كل تفاصيل الكون أو تكوينه، وهو بذلك لا يستطيع الوصول إلى الأجوبة الدقيقة حول بداية الكون، أو نشوء الحياة، أو كيفية الخلق، مهما بلغ من تطور علمي وفكري. وبالتالي، تُعد هذه الآية بمثابة دعوة صريحة للإنسان كي يراجع

11

افتراضاته ويتواضع أمام حقيقة أنّه لا يملك الإجابات النهائية حول الكون وخلق الحياة.

تحليل الآية الكريمة:

1. "ما أشهدتهم خلق السماوات والأرض...": في هذه الجزئية، يؤكد الله سبحانه وتعالى أنَّ أحدًا لم يُشهد على خلق السماوات والأرض. وهذا يُشدد على أن الخلق ليس عملية عشوائية أو حادثًا يمكن للإنسان أن يشهد على تفاصيله أو يتحقق من كيفية حدوثه. بل هو أمر غيبي محض، لا يمكن للإنسان أن يصل إليه بالتجربة أو المشاهدة الحسية. ومع تطور العلوم الحديثة، نجد أن الفضاء، وعلوم الفلك، وأبحاث الكونيات، رغم ادعائها بأنها تقترب من فهم أصول الكون، إلا أنها لا تستطيع أن تفسر أصل الخلق ولا الإجابة على الأسئلة الكبرى مثل: "من أين جاء الكون؟" أو "ماذا كان قبل الانفجار العظيم؟".

❈

1. "ولا خلق أنفسهم...": هذا الجزء من الآية يعزز الفكرة التي ذكرناها، وهي أن الإنسان لا يستطيع أن يعي تمامًا حقيقة خلق نفسه. العلماء الذين يروجون لنظرية التطور، والذين يزعمون أن الإنسان قد تطور عبر مليارات السنين من كائنات بسيطة مثل البكتيريا، يعتمدون على فرضيات غير مؤكدة، ولا يمكن التحقق منها علميًا بشكل مباشر. إن القول بأن الإنسان تطور من كائنات مائية إلى قرد ثم إلى الإنسان الحديث هو مجرد فرضية غير مدعومة بأي دليل تجريبي قاطع. كما أنّه لا يمكن للإنسان أن يعود بالزمن ليرى كيف نشأ أول إنسان، بل هي مجرد تصورات وافتراضات اخترعها علماء الغرب في محاولة لفهم أصل الإنسان بعيدًا عن التدخل الإلهي.

❈

1. "وما كنت متخذ المضلين عضدا...": في هذه العبارة، يؤكد الله تعالى أنه لم يتخذ من المضلين (أي الذين يضلون الناس ويقدمون لهم أفكارًا مغلوطة) عونًا أو سندًا في هذه المسائل. هذا يشير إلى أنَّ محاولات بعض العلماء في القرن التاسع عشر وما بعده، والتي تبنت فرضيات

التطور والانفجار العظيم وغيرها من النظريات، لم تكن مدعومة بنية صحيحة أو هدف علمي صحيح، بل كانت مدفوعة بنزعة مادية تحاول إبعاد الإنسان عن الفهم الإيماني للخلق، وبالتالي تضل الناس عن الحقيقة.

━━━━●━━━━

أثر هذه الآية في فهم الخلق:

1. الرد على الإدعاءات العلمية الحديثة: هذه الآية تشكل أساسًا راسخًا للرد على النظريات الحديثة في علم الفلك وعلم الأحياء التي تدعي القدرة على تفسير بداية الكون وخلق الإنسان. كما أنَّ العديد من العلماء المعاصرين يروجون لنظريات مثل "الانفجار العظيم" و"التطور" لتفسير الخلق، ولكن هذه الآية تؤكد لنا أنَّ الإنسان لا يستطيع أن يكون شاهدًا على تلك الأحداث الكبرى. ولا يمكن الاعتماد على فرضيات لا تستند إلى حقيقة علمية مُجربة ولا يمكن اختبارها أو ملاحظتها بشكل مباشر.

━━━━●━━━━

1. تحقيق التوازن بين العلم والدين: على الرغم من أننا نعيش في عصر يسوده التفوق العلمي والتكنولوجي، إلا أن هذا لا يعني أنَّ العلم يمكنه أن يُغطي جميع جوانب الحياة أو يجيب عن جميع الأسئلة الأساسية عن الخلق. إن الآية الكريمة تدعونا لتواضع أكبر في فهمنا للعلم، وتعلمنا أنَّ هناك حدودًا للمعرفة الإنسانية، وأنَّ هناك أمورًا تبقى في نطاق الغيب الذي لا يمكن للبشر الوصول إليه، ويجب أن نعترف بوجوده دون محاولة إنكار الحقائق الإيمانية.

━━━━●━━━━

1. الاعتراف بالغيب والإيمان بحكمة الله: هذه الآية تذكرنا أنَّ هناك أمورًا عظيمة لا يمكن للإنسان أن يلمسها أو يعي تفاصيلها. فالإيمان بالغيب هو أحد أسس الإيمان بالله، وهو ما يجعل المسلم يدرك أنَّ العلم في

النهاية هو وسيلة لفهم ما يمكن للإنسان أن يدركه، لكن لا يمكنه الوصول إلى كل شيء. فمن خلال هذه الآية، يعزز القرآن الكريم مفهوم التسليم الكامل بحكمة الله وعظمته في خلقه.

<hr>

1.دعوة للتفكر في خلق الله: القرآن يدعونا من خلال هذه الآية للتأمل والتفكر في خلق السماوات والأرض والإنسان، ولكنه في نفس الوقت يُبين لنا حدود معرفتنا ويجعلنا ندرك أنَّ هناك الكثير مما لا نعلمه. ولذلك فإن الإيمان بما لم نره، والسعي نحو فهم خلق الله، هو ما يمنح الإنسان السكينة والطمأنينة في عالم مليء بالغموض والأسئلة.

<hr>

خلاصة:

إن آية "ما أشهدتهم خلق السماوات والأرض ولا خلق أنفسهم..." تعد من الآيات التي تضع الإنسان أمام حقيقة واقعية حول محدودية معرفته وعجزه عن الوصول إلى الإجابات الشاملة حول الكون والخلق. فالتجربة الإنسانية والعلم مهما تطور يظل عاجزًا عن تقديم تفسيرات حاسمة أو شاملة عن أصل الكون أو نشوء الحياة. هذه الآية لا تقتصر على تقديم حقيقة دينية، بل هي دعوة لتفكير عميق يُحتم على الإنسان التسليم بعظمة الله وقدرته في الخلق، وتقدير حقيقة أن الله سبحانه وتعالى هو الوحيد القادر على إعطاء الإجابات الصحيحة في هذا المجال.

الفصل الأول: حقيقة الخلق في القرآن

أولاً: الخلق في الإسلام ـ نظرة شاملة على قصة الخلق في القرآن الكريم

الخلق في الإسلام هو عملية إلهية متكاملة ومنظمة لا تبدأ من فراغ ولا تُترك للمصادفة. القرآن الكريم يقدم لنا رؤية شاملة عن الخلق، ويُعِدّ مفهوم الخلق موجهًا للإنسان نحو الفهم الصحيح والتسليم بمشيئة الله تعالى في تكوين هذا الكون والحياة. ويكشف القرآن عن عظمة وقدرة الخالق الذي يُوجد الأشياء من العدم، ويُظهر للبشر كيف أن الخلق ليس حادثة عشوائية أو نتاج صدف، بل هو خطة مدروسة بحكمة وغاية. دعونا نغوص في تفاصيل الخلق كما وردت في القرآن، وما وراء تلك المفاهيم من معاني وأبعاد.

1.الخلق من العدم:

القرآن الكريم يبدأ بقوةٍ هائلة في تأكيد مفهوم الخلق من العدم، وهو ما يتعارض تمامًا مع الفكرة العلمية التي تعتمد على فكرة الخلق التدريجي أو التطور التدريجي الذي يتطلب وجود مادة أساسية (مثل المادة الأصلية في فرضية الانفجار العظيم). في الإسلام، الله سبحانه وتعالى هو الذي خلق الكون والحياة من العدم، وهذا ما تجسده الآيات التالية:
"إِنَّمَا أَمْرُهُ إِذَا أَرَادَ شَيْئًا أَنْ يَقُولَ لَهُ كُنْ فَيَكُونُ" (القرآن، سورة يس، 82).
هذه الآية توضح أن الله تعالى عندما يريد شيئًا، لا يحتاج إلى أي عملية معقدة أو مواد سابقة؛ بل يقول "كن" فيكون الشيء. هذا يؤكد أن الخلق هو فعلاً من العدم بقدرة الله تعالى.
"اللَّهُ خَالِقُ كُلِّ شَيْءٍ" (القرآن، سورة الزمر، 62).
الله هو الذي خلق كل شيء في هذا الكون، وهذا يشمل المادة والحياة بكل تفاصيلها.

الخلق هنا ليس محصورًا في تصور مادي أو تطور تدريجي، بل هو نتيجة لإرادة إلهية مطلقة تظهر فجأة في شكل أشياء جديدة. في هذا الإطار، يُلغي القرآن فكرة أن الكون قد نشأ من مادة موجودة سابقًا أو من انفجار عشوائي.

1.خلق السماوات والأرض:

في الإسلام، يتم تقديم خلق السماوات والأرض بوصفه حدثًا مهيبًا وعظيمًا، كما يتجلى ذلك في العديد من الآيات القرآنية التي تبرز مشهد خلق الكون بشكل مدروس ومتكامل. على سبيل المثال، نجد أنَّ القرآن يُشير إلى أنَّ السماوات والأرض كانتا في البداية "رَتْقًا" (أي متماسكتين)، ثم فصلهما الله تعالى.

"أَفَلَا يَرَوْنَ أَنَّ السَّمَاوَاتِ وَالْأَرْضَ كَانَتَا رَتْقًا فَفَتَقْنَاهُمَا..." (القرآنُ، سورة الأنبياء، 30).

هذه الآية تشير إلى أن السماوات والأرض كانتا متماسكين، ثم فصل الله بينهما. هذا يمكن تفسيره كإشارة إلى خَلْق الله للكون في شكل متقن ومترابط.

—◉—

بالإضافة إلى ذلك، يقدم القرآن الكريم لنا تفاصيل عملية خلق الأرض والسماوات التي تتم عبر مراحل زمنية منظمة جدًا، ما يعكس قدرة الله المطلقة وتمام حكمته في خلق هذا الكون.

"وَقَالَ رَبُّكُمُ ادْعُونِي أَسْتَجِبْ لَكُمْ إِنَّ الَّذِينَ يَسْتَكْبِرُونَ عَنْ عِبَادَتِي سَيَدْخُلُونَ جَهَنَّمَ دَاخِرِينَ" (القرآن، سورة غافر، 60).

هذه الآية تعكس أن الله تعالى الذي خلق السماوات والأرض هو أيضًا الذي يتحكم في المصير.

—◉—

1.خلق الإنسان:

خلق الإنسان في القرآن يأتي لِيُظهر قدرة الله وحكمته العميقة في تصميمه للبشر وتكوينهم. القرآن يتحدث عن خلق الإنسان من طين، وهو ما يُعدُّ دحضًا للنظرية المادية التي تفترض أن الإنسان تطور من كائنات أدنى.

"وَخَلَقْنَا الْإِنسَانَ مِنْ صَلْصَالٍ كَالْفَخَّارِ" (القرآن، سورة الرحمن، 14).

هنا يوضح القرآن أنَّ الإنسان خُلِق من مادة الطين، وهو ما يتناقض تمامًا مع فرضية التطور التي تقول إنَّ الإنسان تطور من كائنات مائية إلى قرد ثم إلى إنسان.

"وَإِذْ قَالَ رَبُّكَ لِلْمَلَائِكَةِ إِنِّي خَالِقٌ بَشَرًا مِنْ صَلْصَالٍ مِّنْ حَمَإٍ مَّسْنُونٍ" (القرآن، سورة الحجر، 28).

18

هذا يشير إلى أنَّ الله خلق الإنسان من مادة هي الطين، وهو ليس نتيجة لتطور تدريجي كما يدّعي بعض العلماء.

<hr>

في هذه الآية وغيرها، يظهر القرآن الكريم أن خلق الإنسان كان حدثًا مميزًا جدًا يعبّر عن قدرة الله وسعة حكمته، بينما نجد أن النظريات المادية التي تروج لها بعض المدارس العلمية تتناقض مع هذه الرؤية القرآنية العميقة.

1.الخلق بتقدير وحكمة:

الخلق في الإسلام ليس مجرد فعل عشوائي، بل هو فعل منظم ومتقن بتقديرٍ دقيق من الله سبحانه وتعالى. الله تعالى قدَّر كل شيء في الكون بحكمة عالية، ولم يكن هناك خلل أو عبث في خلقه.
"وَجَعَلْنَا اللَّيْلَ وَالنَّهَارَ خِلْفَةً لِّمَنْ أَرَادَ أَنْ يَذَّكَّرَ أَوْ أَرَادَ شُكُورًا" (القرآن، سورة الفرقان، 62).
هذه الآية تظهر كيف أنَّ خلق الليل والنهار هو جزء من النظام الكوني المدبر بعناية من الله.
"إِنَّا كُلَّ شَيْءٍ خَلَقْنَاهُ بِقَدَرٍ" (القرآن، سورة القمر، 49).
في هذه الآية، يؤكد الله تعالى أن كل شيء في الكون خُلق بتقدير دقيق، مما يوضح أنَّ الخلق ليس مجرد تطور أو تطور عشوائي، بل هو نتيجة لإرادة الله وحكمته.

1.دحض نظريات التطور:

القرآن الكريم يناقض تمامًا فرضية نظرية التطور التي قدمها تشارلز داروين في القرن التاسع عشر. نظرية داروين افترضت أن الإنسان تطور تدريجيًا من كائنات أدنى، بداية من كائنات مائية ثم إلى قردة، حتى أصبح الإنسان الحديث. لكن القرآن يُصرّ على أن الإنسان خلق من طين، ويؤكد أن الخلق كان فعلاً إلهيًا مباشرًا ولم يكن نتيجة لتطور تدريجي أو مصادفة. "فَتَبَارَكَ اللَّهُ أَحْسَنُ الْخَالِقِين " (القرآن، سورة المؤمنون، 14). هذه الآية تظهر عظمة الخالق في عملية الخلق التي هي مباشرة وعظيمة، بعيدًا عن مفاهيم التطور أو التغيير التدريجي.

خلاصة:

الخلق في الإسلام هو حدث غيبي وفعال من إرادة الله الذي يخلق الأشياء من العدم، ويُظهر حكمته في تنظيم الكون. القرآن لا يترك مجالًا للشك في أن الخلق ليس نتيجة لعملية عشوائية أو تطورية، بل هو فعل متقن ومدبر بعناية إلهية. من خلال هذه الرؤية القرآنية، يمكن دحض المفاهيم المادية والإلحادية التي تسعى إلى تفسير الخلق بمعزل عن الله، وهو ما يجعل الإسلام يقدم رؤية مميزة وفريدة حول الخلق وهدف الحياة.

ثانيًا: دحض النظريات الدينية الباطلة حول الخلق ـ مقارنة مع المعتقدات الخاطئة من الديانات الأخرى

عندما نُناقش فكرة الخلق في القرآن الكريم، نلاحظ أن هناك تباينًا كبيرًا بين رؤية الإسلام للخلق والرؤى المختلفة التي قدمتها الديانات الأخرى عبر التاريخ. بعض هذه النظريات الدينية قد تحتوي على الكثير من المغالطات أو التشويش الذي يتناقض مع الحقائق التي جاء بها القرآن الكريم. في هذا القسم، سنتناول بعض هذه المعتقدات الخاطئة، ونوضح كيف يقدّم الإسلام تفسيرًا صحيحًا ومبنيًا على العقل والفطرة السليمة، معتمدًا على الآيات القرآنية الكريمة.

1. الخلق في الأساطير القديمة:

قبل الإسلام، كانت العديد من الشعوب تعتنق أساطير حول الخلق تختلف تمامًا عن مفهوم الخلق الإلهي في القرآن. هذه الأساطير كانت تتضمن تفسيرات متعددة للكون والإنسان، لكنها لم تكن تُركّز على الخلق من العدم أو على قدرة إلهية مطلقة، بل غالبًا ما كانت تستند إلى فكرة تعدد الآلهة أو أن الخلق كان نتيجة لصراع بين الكائنات الميتافيزيقية.

أ. الأساطير السومرية والبابيلية:

في الأساطير السومرية والبابيلية، كان يُعتقد أن العالم قد خُلق من خلال صراع بين الآلهة. وفقًا لهذه الأساطير، كان هناك إلهان رئيسيان هما "مردوخ" و"تيامات"، حيث خُلِق الكون من أجساد آلهة مقتولة. هذه الأساطير كانت تُظهر أن الخلق كان نتيجة للصراع الدموي بين القوى الكونية، وكان يُنظر إليه على أنه أمر عشوائي وغير موجه.

الدحض القرآني: الإسلام يدحض هذه الأفكار تمامًا ويُظهر أن الخلق هو فعل إلهي محض يتم بقدرة الله تعالى، وليس نتيجة لصراع بين قوى متناقضة. وقد بيّن القرآن ذلك في قوله:

"اللَّهُ خَالِقُ كُلِّ شَيْءٍ" (القرآن، سورة الزمر، 62)، حيث يظهر أن الخالق هو الله الواحد لا شريك له في هذا الفعل العظيم.

***

ب. الأساطير الهندية (الخلق من البراهمان):

في الديانة الهندية القديمة، يعتقد البعض أن الكون قد خُلق من البراهمان (الروح الكونية الأبدية)، ويُنظر إلى الخلق على أنه جزء من دورة أبدية من الخلق والتدمير. تُظهر هذه الرؤية أن الكون يعيد توليد نفسه في دورة مستمرة، حيث لا يوجد بداية أو نهاية، بل فقط تجدد مستمر للحياة.

الدحض القرآني: الإسلام يختلف جذريًا مع هذا المفهوم، حيث يعترف بأن الله قد خلق الكون مرة واحدة من العدم، وأن هذا الكون يسير وفقًا لقانون إلهي محدد. فالإسلام ينفي الفكرة القائلة بأن الكون في حالة دورة أبدية. بل ينص القرآن على أن الله هو الذي بدأ خلق السماوات والأرض ولن يعيدها من ذاتها في دورة لا نهاية لها. يقول تعالى:

"اللَّهُ الَّذِي خَلَقَ السَّمَاوَاتِ وَالْأَرْضَ فِي سِتَّةِ أَيَّامٍ" (القرآن، سورة الأعراف، 54).

⸺ ● ⸺

2. الخلق في الديانات السماوية الأخرى:

أ. الخلق في الديانة اليهودية:

في الديانة اليهودية، يعتقد أن الله قد خلق السماوات والأرض في ستة أيام، ويشمل ذلك خلق الإنسان من طين، وهي فكرة قريبة مما ورد في القرآن الكريم. ومع ذلك، يوجد اختلافات طفيفة تتعلق بتفسير النصوص.

النصوص اليهودية:

تقول التوراة إن الله خلق الإنسان من "تراب الأرض" (سفر التكوين، 2:7)، وهو يشبه ما جاء في القرآن الكريم، ولكن التفسير اليهودي غالبًا ما يكون أكثر تركيزًا على الحرفية في النصوص ويدخل في تفاصيل تثير الخلافات حول تفسير كلمة "يوم".

الدحض القرآني: القرآن الكريم يؤكد على أن خلق الإنسان جاء في سياق منظم ودقيق، كما في قوله تعالى:

"وَخَلَقْنَا الْإِنسَانَ مِنْ صَلْصَالٍ كَالْفَخَّارِ" (القرآن، سورة الرحمن، 14).

القرآن لا يقدم تفسيرًا غامضًا أو مُبهمًا حول طريقة الخلق، بل يوضح أن الإنسان خُلق من طين، وهو ما يتناسب مع الفكر الإسلامي الذي يُبين أن الإنسان قد خُلق من مكونات مادية، ولكن بقدرة الله المطلقة.

⸺ ● ⸺

ب. الخلق في المسيحية:

22

في المسيحية، تُعتبر قصة الخلق جزءًا من الكتاب المقدس الذي يروي كيف خلق الله العالم في ستة أيام. ولكن الفهم المسيحي قد يكون مزيجًا بين التفسير الحرفي والتفسير الرمزي. في بعض الطوائف المسيحية، يتم اعتبار أن الأيام التي وردت في سفر التكوين ليست أيامًا حرفية، بل فترات زمنية طويلة. أما بالنسبة للإنسان، فالمسيحية تؤمن بأن الله خلق آدم وحواء مباشرة في الجنة.

الدحض القرآني: الإسلام يُؤمن بخلق الإنسان من طين، وهو يشابه التفسير اليهودي والمسيحي في بعض الجوانب، ولكنه يضيف أن الإنسان لم يُخلق في الجنة، بل على الأرض. كما أن الإسلام يرفض فكرة الخطيئة الأصلية التي تُعتبر جزءًا من قصة الخلق المسيحية.

القرآن يؤكد على أن الإنسان خُلق على الأرض، وقال تعالى:

"وَإِذْ قَالَ رَبُّكَ لِلْمَلَائِكَةِ إِنِّي خَالِقٌ بَشَرًا مِنْ صَلْصَالٍ مِّنْ حَمَإٍ مَّسْنُونٍ" (القرآن، سورة الحجر، 28).

<hr>

3. دحض فكرة التعددية في الآلهة:

في الديانات الوثنية، كان يتم تقديس العديد من الآلهة التي يُعتقد أن كل إله منها يتحكم في جانب من جوانب الخلق، مثل إله السماء، وإله الأرض، وإله البحر، وغيرها من الآلهة. هذه الفكرة تعكس تصورًا مخالفًا للإنسان الذي يعيش في عالم متعدد الآلهة والأديان.

الدحض القرآني: في الإسلام، يتم التأكيد على أن الله هو الخالق الوحيد لهذا الكون، وأنه لا شريك له في خلقه. القرآن يُسجل هذه الحقيقة في قوله:

"اللَّهُ خَالِقُ كُلِّ شَيْءٍ وَهُوَ عَلَىٰ كُلِّ شَيْءٍ وَكِيلٌ" (القرآن، سورة الزمر، 62).

<hr>

4. الخلق في الديانات الحديثة (مثل الديانة البوذية):

البوذية، على الرغم من أنها ليست ديانة تثبت الخلق بشكل تقليدي، تقدم رؤية للدورة الكونية التي تُدعى "دورة سامسارا" حيث تتكرر ولادة الكون وتدميره في دورة لا نهائية. هذه الفكرة تُناقض الفكر الإسلامي الذي يؤكد أن الكون خُلق مرة واحدة وستظل إرادة الله ثابتة حتى نهاية الزمن.

الدحض القرآني: القرآن يُثبت أن الكون خُلق مرة واحدة، وهو يُسير وفقًا لقوانين إلهية محكمة، ولا شيء يحدث بدون إرادة الله. كما أن النهاية التي تحدث في المستقبل هي نهاية حتمية تكون وفقًا لمشيئة الله سبحانه وتعالى.

خلاصة:

من خلال مقارنة تفسير الخلق في القرآن مع المعتقدات الدينية الأخرى، نجد أن القرآن الكريم يقدم رؤية موحدة وصحيحة للخلق تستند إلى فكرة الخلق من العدم وقدرة الله المطلقة، بعيدًا عن الأساطير والتعددية في الآلهة التي كانت سائدة في بعض الديانات القديمة. الإسلام يُفند المفاهيم الباطلة حول الخلق ويُظهر للعقل البشري الفطرة السليمة التي تقود إلى الإيمان بأن الكون كله خُلق بإرادة الله وقدرته.

ثالثًا: الأدلة العقلية والفطرية على الخلق الإلهي: كيف ينسجم خلق الله مع الفطرة السليمة والمنطق

في هذا القسم، سنتناول كيف أن الأدلة العقلية والفطرية تدعم فكرة الخلق الإلهي، وتؤكد على أن وجود الله تعالى وقدرته على الخلق هو الأمر الأكثر توافقًا مع الفطرة السليمة والمنطق العقلاني.

1. الأدلة العقلية على الخلق الإلهي

العقل البشري قادر على إدراك الحقيقة من خلال الأدلة المنطقية والاستدلالات التي تقدمها لنا الطبيعة. عندما نُفكر في نشأة الكون والإنسان، نجد أن العقل يرفض النظرية القائلة بأن كل هذا قد نشأ من غير سبب أو من خلال الصدفة. هناك مجموعة من الأدلة العقلية التي تثبت استحالة وجود الكون بدون خالق، وهي على النحو التالي:

أ. التسلسل السببي:

إن العقل البشري لا يمكنه أن يتصور وجود شيء دون سبب. كل شيء في الحياة يحتاج إلى سبب لوجوده، وهذا ما يُعرف بمبدأ السببية. فإذا نظرنا إلى الكون، سنجد أنه يتطلب مسببًا لهذا الوجود. قد نلاحظ وجود النجوم والكواكب والموارد الطبيعية والأحياء، وكل هذه الأشياء تشير إلى أن هناك قوة عليا وراء هذا الوجود، وليس صدفة عشوائية.

الاستدلال العقلي: إذا قيل لنا إن الكون موجود بذاته، فإن هذا يتناقض مع المنطق العقلاني الذي يؤكد أن لكل شيء مسببًا. الكون ليس من أزل أو خاليًا من البداية، بل له بداية، وله مسبب. وهذا المسبب يجب أن يكون كائنًا عاقلًا، حيًّا، وذو قدرة لا متناهية. يذكر القرآن هذا المبدأ في قوله:

"اللَّهُ خَالِقُ كُلِّ شَيْءٍ وَهُوَ عَلَىٰ كُلِّ شَيْءٍ وَكِيلٌ" (القرآن، سورة الزمر، 62).

فالعقل لا يمكنه أن يقبل أن الكون جاء من العدم أو نشأ من غير مسبب، وهذا يتوافق تمامًا مع مفهوم الخلق الإلهي.

ب. استحالة الخلق من العدم:

العقل البشري يرفض فكرة أن شيئًا ما نشأ من لا شيء. وهو ما يُعرف بمفهوم استحالة الخلق من العدم. في أي عملية مادية، نعلم أن العناصر التي تُستخدم في الخلق أو التكوين يجب أن تكون موجودة قبل أن تتشكل الأشياء. لكن الكون والإنسان والحياة بشكل عام لم يكن لها عناصر مسبقة، بل ظهرت كلها من

العدم، وبالتالي كان من الضروري أن يكون هناك خالق قادر على خلق هذا الوجود من لا شيء.

الاستدلال العقلي: العقل يعترف بأنه لا يمكن أن يكون هناك شيء بدون مسبب أول، وأن هذا المسبب هو الذي خلق الكون من العدم. ويؤكد القرآن على هذا الاستدلال العقلي، فيقول:

"أَمْ خُلِقُوا مِنْ غَيْرِ شَيْءٍ أَمْ هُمُ الْخَالِقُونَ" (القرآن، سورة الطور، 35).

هذا النص يعكس الواقع العقلي الذي يدركه الإنسان: لا يمكن للكون أن يخلق نفسه أو أن ينشأ من غير مسبب.

ج. النظام الكوني ودقة قوانينه:

عندما ننظر إلى الكون في جميع جوانبه، نجد أنه يسير وفقًا لقوانين دقيقة ومنظمة، وأن كل جزء فيه ينسجم مع الآخر بشكل مذهل. من حركة الكواكب في الفضاء إلى تفاعل الجزيئات في الذرات، هناك انسجام لا يمكن تفسيره صدفة. العقل البشري يتطلب أن يكون هناك مسبب لهذه النظم المتقنة.

الاستدلال العقلي: العقل يقر بأن مثل هذا النظام المتقن لا يمكن أن يكون قد نشأ عشوائيًا. عندما نتأمل في الكواكب التي تدور في مدارات ثابتة، والأنظمة البيئية التي تعمل بتوازن، والظواهر الطبيعية التي تتكرر بدقة، نعلم يقينًا أن هناك خالقًا عليمًا قد وضع هذه النظم.

القرآن الكريم يُشير إلى هذا النظام الدقيق والخلق المحكم في قوله:

"الَّذِي خَلَقَ السَّمَاوَاتِ وَالْأَرْضَ فِي سِتَّةِ أَيَّامٍ ثُمَّ اسْتَوَىٰ عَلَى الْعَرْشِ" (القرآن، سورة الأعراف، 54).

هذه الآية تدل على أن الكون الذي نشأ بهذه الدقة والنظام لا بد أن يكون وراءه خالق حكيم، وهو الله سبحانه وتعالى.

2. الأدلة الفطرية على الخلق الإلهي

الفطرة البشرية هي تلك الوعي الباطني أو الاستجابة الداخلية التي تجعل الإنسان يشعر بحقيقة وجود الله، والتي تتجلى في شعوره بأن الكون والإنسان ليسا نتاجًا للصدفة. هذه الفطرة تجعله يدرك أن هناك إلهًا خالقًا لهذا الوجود.

أ. الفطرة الإنسانية:

كل إنسان يولد وفي قلبه ميل طبيعي للإيمان بوجود قوة عليا خلقت الكون وأوجدت الحياة. وهذا يُسمى الفطرة السليمة، وهي الميل الطبيعي للإنسان إلى الإيمان بالله دون الحاجة إلى تعليمه.

الاستدلال الفطري: الفطرة السليمة تجعل الإنسان يدرك بسهولة أن هناك خالقًا لهذا الكون، حيث يعبر القرآن عن هذا المفهوم بوضوح في قوله:

"فِطْرَةَ اللَّهِ الَّتِي فَطَرَ النَّاسَ عَلَيْهَا" (القرآن، سورة الروم، 30).

هذه الآية تشير إلى أن الإيمان بالله جزء من طبيعة الإنسان، وهو ليس شيئًا مكتسبًا أو محض تعليمة، بل هو جزء من تركيب الإنسان ذاته.

ب. الإدراك الجمالي للطبيعة:

الإنسان بطبيعته يشعر بالجمال والروعة في الكون من حوله، سواء في المناظر الطبيعية أو في خلق الكائنات الحية. هذا الإدراك الجمالي يشير إلى أن هناك قوة خفية أبدعت هذا الجمال، وهو لا يمكن أن يكون مجرد صدفة.

الاستدلال الفطري: الفطرة السليمة تدرك أن هذا الكون بما فيه من جمال ووجود معقد لا يمكن أن يكون قد نشأ عبثًا، بل هو نتيجة لخلق إلهي حكيم. وقد قال القرآن الكريم:

"صُنْعَ اللَّهِ الَّذِي أَتْقَنَ كُلَّ شَيْءٍ" (القرآن، سورة النمل، 88).

هذه الآية تدل على أن الإبداع والجمال في الكون هو من صنع الله، وأن العقل البشري الفطري يدرك هذا الإبداع.

ج. الإحساس بالحاجة إلى الإله:

الإنسان، مهما حاول أن يبتعد عن مفهوم الإيمان بالله، يظل في أعماق نفسه يشعر بحاجته إلى الإله. سواء كان في لحظات الشدة أو الفرح، يبقى هذا الشعور فطريًا في قلب الإنسان.

الاستدلال الفطري: عندما يتعرض الإنسان للمواقف الصعبة، مثل المرض أو الفقر أو الخوف، يلاحظ أنه يشعر بحاجته إلى القوة العظمى التي يمكن أن تخلصه. وهذه الفطرة تؤكد على ضرورة وجود خالق يدير هذا الكون. يقول القرآن:

"وَإِذَا مَسَّ النَّاسَ ضُرٌّ دَعَوْا رَبَّهُم مُنِيبِينَ إِلَيْهِ" (القرآن، سورة الروم، 33).

هذه الآية تؤكد على أن الإنسان بطبيعته الفطرية يعرف أن الله هو القادر على حل مشكلاته، وهذا يدل على وجود حاجة فطرية للألوهية.

خلاصة:

من خلال الأدلة العقلية والفطرية التي ذكرناها، نجد أن فكرة الخلق الإلهي تتماشى تمامًا مع الفطرة السليمة والمنطق العقلاني. الكون، بما فيه من تعقيد ونظام، يشهد على قدرة الله وحكمته، والعقل البشري لا يمكنه قبول فكرة وجود الكون والإنسان من دون مسبب. هذه الحقائق تؤكد أن الله سبحانه وتعالى هو الخالق الوحيد لهذا الكون، وأن كل ما في الأرض والسماوات هو من خلقه وتدبيره.

الفصل الثاني: العلم والدين ــ العلاقة والتحديات

أولاً: فهم العلاقة بين العلم والدين ـ التوازن بين النصوص الدينية والاكتشافات العلمية

العلاقة بين العلم والدين هي مسألة حساسة ومعقدة تتطلب فهمًا عميقًا لكلا المجالين. الدين يركز على القيم الروحية والمعنوية، بينما العلم يسعى لفهم العالم المادي من خلال الملاحظة والتجربة. ومع ذلك، هناك مناطق تداخل، وخاصة عندما يتعلق الأمر بمسائل مثل خلق الكون والحياة. لفهم هذه العلاقة، يجب أن نبدأ بفهم كلا المنهجين.

1.النصوص الدينية: مصادر الهداية الروحية والمعرفية

النصوص الدينية، وخاصة القرآن الكريم، تقدم لنا رؤية شاملة حول الكون والحياة، لكنها ليست كتبًا علمية تقدم نظريات تفصيلية عن كيفية عمل الكون، بل تحتوي على إشارات وإرشادات تفيد في توجيه الإنسان نحو فهم أكبر للخلق والمخلوقات. القرآن يؤكد مرارًا وتكرارًا على أن الله هو الخالق والمتحكم بكل شيء. ومن أبرز الآيات التي تؤكد ذلك قوله تعالى:
"اللَّهُ خَالِقُ كُلِّ شَيْءٍ وَهُوَ عَلَى كُلِّ شَيْءٍ وَكِيلٌ" (الزمر: 62).
هذا النص يضع الأساس الروحي لكل تفسير علمي للحياة والكون، ويذكرنا بأن كل اكتشاف علمي يجب أن يُفهم ضمن سياق التدبير الإلهي.

1.العلم: أداة لفهم قوانين الكون المادي

العلم من جهة أخرى هو وسيلة اكتشاف واستكشاف العالم المادي من خلال الملاحظة والتجربة. العلم يعتمد على التجريب والتحليل المنطقي، ويهدف إلى تفسير الظواهر الطبيعية بشكل موضوعي. وهو يتطور مع مرور الوقت، حيث يتم دحض بعض النظريات القديمة واستبدالها بأخرى جديدة بناءً على أدلة جديدة.

1.التوازن بين العلم والدين

القرآن الكريم يشجع على التفكر والتأمل في آيات الله في الكون، وهو ما يدفع العلماء للبحث والاستكشاف. على سبيل المثال، نجد آيات تحث على النظر في خلق السماوات والأرض:
"قُلِ انْظُرُوا مَاذَا فِي السَّمَاوَاتِ وَالْأَرْضِ" (يونس: 101).
هذا الحث يشير إلى أن العلم والدين ليسا متعارضين، بل يمكن أن يكونا مكملين لبعضهما البعض. الدين يقدم الرؤية الكونية الشاملة، بينما يفسر العلم العمليات والظواهر التي تحدث في هذا الكون.

1. التحديات التي تواجه العلاقة بين العلم والدين

مع ذلك، هناك بعض التحديات التي تنشأ عندما تتعارض النظريات العلمية مع ما يُفهم من النصوص الدينية. فعلى سبيل المثال، نظريات مثل الانفجار العظيم أو التطور الدارويني قد تُفهم على أنها تتناقض مع النصوص القرآنية المتعلقة بخلق الإنسان والكون. في مثل هذه الحالات، يجب التعامل بحذر مع الفرضيات العلمية وفحص مدى صحتها ومدى توافقها مع الرؤية القرآنية.
بعض العلماء المسلمين يحاولون التوفيق بين بعض النظريات العلمية الحديثة والنصوص الدينية من خلال تفسير النصوص بطرق رمزية أو مجازية. بينما يرى آخرون أن هذه النظريات غير متوافقة تمامًا مع تعاليم القرآن.

———— ◦ ————

1. فهم العلاقة من منظور متكامل

لفهم هذه العلاقة بشكل متكامل، يجب أن نضع في اعتبارنا أن العلم والدين لهما أغراض وأهداف مختلفة. الدين يسعى لتوجيه الإنسان نحو طريق الحق وإرشاده في الحياة الروحية والأخلاقية، بينما يهدف العلم إلى فهم قوانين الطبيعة والعالم المادي. ومع ذلك، يمكن لكليهما أن يتعاونا إذا تم استخدام كل منهما في مجاله الصحيح.
في النهاية، التوازن بين العلم والدين يتطلب احترامًا عميقًا لكلا المجالين وعدم محاولة فرض أحدهما على الآخر في مجالات لا يتخصص فيها. كما يجب أن نأخذ بعين الاعتبار أن الاكتشافات العلمية قابلة للتغيير والتطور، في حين أن النصوص الدينية تمثل مرجعية ثابتة للعقيدة والإيمان.

ثانياً: تحريفات العلوم الحديثة: كيف تم توجيه العلوم لخدمة الإلحاد، وابتعادها عن الدين

العلم، في جوهره، هو وسيلة لفهم الطبيعة وقوانين الكون من خلال الملاحظة والتجريب. إلا أنه في القرون الأخيرة، خاصة منذ عصر النهضة الأوروبية، شهد تحولًا كبيرًا في أهدافه وتوجهاته، حيث تم توجيه بعض النظريات والاكتشافات العلمية لتخدم أيديولوجيات مادية وإلحادية بعيدًا عن القيم الروحية والدينية. هذا التحول لا يعكس بالضرورة طبيعة العلم نفسه، ولكنه يعكس التأثيرات الاجتماعية والسياسية والثقافية التي أثرت في توجيه العلوم نحو الإلحاد وإنكار البعد الروحي.

1.التأثير التاريخي لفصل الدين عن العلم

خلال العصور الوسطى، كان الدين والعلم متداخلين بشكل كبير، وخاصة في الحضارة الإسلامية حيث ازدهرت العلوم، وكان العلماء المسلمون يرون أن العلم جزء من فهمهم لخالق الكون. إلا أن الأمور تغيرت في أوروبا بعد الثورة العلمية التي بدأت في القرن السابع عشر، حيث بدأت الحركات الفلسفية مثل العلمانية والمادية بالترويج لفصل الدين عن العلم. تم تعزيز هذا الانفصال لاحقًا في عصر التنوير، حيث بدأ العلماء والمفكرون بالتشكيك في السلطة الدينية، ومن هنا بدأت تبرز محاولات لتوجيه العلم بعيدًا عن الدين.

أحد الأمثلة البارزة على هذا هو نظرية التطور التي قدمها تشارلز داروين في القرن التاسع عشر. في البداية، لم تكن النظرية تعلن صراحةً عن الإلحاد، ولكنها استُخدمت فيما بعد كحجة لتبرير الإلحاد وإنكار وجود الخالق.

1.دور الفلسفات المادية والإلحادية في توجيه العلوم

الفلسفات المادية التي ظهرت في أوروبا بدأت ترى الكون والحياة باعتبارها ظواهر مادية بحتة، بلا حاجة إلى تدخل إلهي. هذه الفلسفات كانت تهدف إلى فصل المعرفة العلمية عن المعرفة الدينية، وتقديم العلم كبديل عن الدين في تفسير الكون والحياة.

هذه الحركات المادية والإلحادية لم تقف عند حدود الفلسفة، بل أثرت على تطوير العلوم وتوجيهها. على سبيل المثال، نظرية الانفجار العظيم، التي تقدم تفسيرًا ماديًا لنشأة الكون، تستند إلى فرضية أن الكون جاء نتيجة تفاعلات طبيعية بلا هدف أو غاية، وتجاهلت بذلك تمامًا فكرة الخلق الإلهي المنظم.

رغم أن هذه النظرية لا تنكر صراحة وجود الخالق، إلا أنها تُستخدم في كثير من الأحيان من قبل بعض الماديين والإلحاديين لتبرير موقفهم من إنكار التدبير الإلهي للكون.

1. تحريف المفاهيم العلمية لدعم الإلحاد

العلوم الحديثة، خاصة في مجالات مثل علم الكونيات وعلم الأحياء التطوري، تم تحريفها وتوجيهها من قبل بعض المفكرين والعلماء لدعم أفكار الإلحاد. هذه التحريفات تتجلى في عدة نقاط:

إغفال البعد الغائي: أحد التحريفات الرئيسية هو تجاهل أن للكون والحياة هدفًا وغرضًا، والاكتفاء بتفسيرات مادية بحتة. هذا يقود إلى تقديم النظريات العلمية كما لو أن كل شيء حدث بالصدفة دون حاجة لتدخل إلهي.

الترويج لفكرة العشوائية والصدفة: النظريات الحديثة مثل التطور أو نشأة الكون العشوائية تعتمد بشكل كبير على فكرة أن الحياة والكون نتجت عن تفاعلات عشوائية بلا غاية أو قصد. هذا الفهم المادي ينفي بشكل مباشر الإيمان بوجود خالق قدير قام بتنظيم وتوجيه الكون والحياة.

التقليل من شأن الغيب: العلم الحديث، بتحريفاته الإلحادية، يميل إلى إنكار كل ما هو غيبي أو غير ملموس. وهذا يتناقض مع الدين، الذي يعتمد بشكل كبير على الإيمان بالغيب، مثل الإيمان بالملائكة أو الحياة بعد الموت. هذا الإقصاء المتعمد لأي بعد غيبي يعزز من الأفكار الإلحادية.

---

1. استخدام العلم كسلاح ضد الدين

بعض الملحدين يستخدمون العلم كسلاح في معركتهم ضد الدين، مدعين أن كل ما لا يمكن تفسيره علميًا فهو غير حقيقي أو مجرد خرافة. هذه الفرضية الخاطئة تستند إلى فكرة أن العلم هو الوسيلة الوحيدة لفهم كل شيء، وهو ما يُعرف بـ العلموية.

لكن في الحقيقة، العلم محدود في مجاله و لا يستطيع الإجابة على أسئلة وجودية كبرى مثل: لماذا نحن هنا؟ وما هو الهدف من الحياة؟ و هذه الأسئلة تتجاوز نطاق العلم و تتطلب إجابات من الفلسفة و الدين.

1.العلم السليم و الدين: علاقة تكامل

رغم كل هذه التحريفات، يجب أن نؤكد أن العلم في أصله لا يتعارض مع الدين، بل إن العلم الصحيح و المنضبط يمكن أن يكون وسيلة لفهم أكثر عمقًا لعظمة الخلق الإلهي. العلم الحقيقي هو ذلك الذي يعترف بحدوده، و لا يسعى إلى إقصاء الإيمان أو التشكيك في الغايات الكبرى.

العلم السليم و الدين يمكن أن يتكاملا، حيث يجيب العلم عن الكيفية و الدين عن الغاية. ومن هنا، فإن أي محاولة لتحريف العلم لخدمة أيديولوجيات مادية أو إلحادية هي خروج عن مسار العلم الحقيقي.

1.مسؤولية العلماء المسلمين

في ظل هذه التحديات، تقع على عاتق العلماء المسلمين مسؤولية كبيرة في إعادة توجيه العلم نحو مساره الصحيح، من خلال:

تقديم نقد علمي و منطقي للنظريات الحديثة التي تتعارض مع النصوص الدينية.

إعادة إحياء التراث العلمي الإسلامي الذي كان يعتمد على تكامل العلم و الدين.

الترويج لفهم علمي يعتمد على الإيمان بالله، ويدعم النظرة الشاملة التي ترى في العلم وسيلة لفهم عظمة الخالق.

في الختام، يجب أن ندرك أن العلم الحديث ليس مشكلًا في ذاته، بل التحريفات التي دخلت عليه هي التي جعلته وسيلة لنشر الإلحاد و إنكار الدين.

ثالثاً: أخطاء المنهج العلمي الحديث في قضايا الخلق: أسباب انحراف العلماء في تفسير الخلق

المنهج العلمي الحديث يعتمد بشكل أساسي على الملاحظة، التجريب، والنظرية لتفسير الظواهر الطبيعية. إلا أن هذا المنهج، رغم قوته في العديد من المجالات، يُظهر عيوبًا جوهرية عندما يُطبَّق على قضايا أكبر تتعلق بأصل الكون والحياة. هذه العيوب أدت إلى انحرافات كبيرة في تفسير مسائل الخلق، وانتهت بالعديد من العلماء إلى وضع نظريات تتناقض مع الإيمان الديني والحقائق الروحية.

1. المنهجية المادية والتقليل من الغايات

أحد الأسباب الرئيسية لانحراف العلماء في تفسير الخلق هو التوجه المادي الصرف الذي يتبعه المنهج العلمي الحديث. في هذا الإطار، تُفسَّر الظواهر على أنها نتاج لتفاعلات مادية بحتة دون أي اعتبار للغايات أو الأهداف. هذه المنهجية تقوم على فكرة أن كل ما يمكن تفسيره يجب أن يكون عبر تفاعلات كيميائية وفيزيائية، دون النظر إلى وجود تصميم أو غاية.

على سبيل المثال، النظريات التي تفسر نشأة الكون مثل الانفجار العظيم لا تقدم إجابة على السؤال الأساسي: لماذا حدث هذا الانفجار؟ فهي تكتفي فقط بالإجابة عن كيف حدث، مما يقود إلى رؤية ناقصة للكون.

في المقابل، الدين يرى الكون كجزء من تدبير إلهي له غاية وهدف، وهو ما يتجاوز الفهم المادي الصرف الذي يعتمد عليه المنهج العلمي الحديث.

———•———

1. تجاهل البعد الغيبي والديني

المنهج العلمي الحديث يركز بشكل مفرط على العالم المادي المحسوس، ولا يعترف بالبعد الغيبي الذي يلعب دورًا كبيرًا في الإيمان الديني. هذا التجاهل للغيبيات هو ما قاد العلماء إلى تقديم تفسيرات مادية بحتة لمظاهر الخلق، مثل

نظرية التطور، التي تدعّي أن الحياة تطورت بشكل عشوائي عبر ملايين السنين دون تدخل إلهي.

هذا الإصرار على تجاهل الغيبيات يتناقض مع النظرة الدينية التي تؤكد على وجود قوة عظمى (الله) تُدبّر كل شيء في الكون، وأن الظواهر الطبيعية ليست مجرد أحداث عشوائية، بل هي جزء من تدبير إلهي دقيق.

<hr>

1.تفسير التطور والحياة اعتمادًا على الصدفة والعشوائية

أحد أكبر الأخطاء المنهجية في تفسير قضايا الخلق هو الاعتماد على مفهوم الصدفة والعشوائية لتفسير الحياة. نظرية التطور، التي تعتبر أحد الأعمدة الرئيسية للعلم الحديث في تفسير نشأة الحياة، تعتمد على فكرة أن الكائنات الحية تطورت عبر طفرات عشوائية وانتخاب طبيعي. هذا المنظور المادي يقلل من قيمة الإنسان باعتباره خليفة الله في الأرض، ويجعله مجرد نتاج لعمليات مادية بحتة.

بينما تُفصِّل الأديان السماوية قصة الخلق في القرآن والكتب المقدسة الأخرى على أنها عملية إلهية منظمة، ترى نظرية التطور أن الإنسان والحياة بشكل عام مجرد صدفة حدثت نتيجة لظروف بيولوجية محددة.

هذا الاعتماد على الصدفة يتناقض مع الفطرة السليمة التي تشعر بوجود تدبير إلهي وراء كل شيء، حيث من الصعب على الإنسان أن يقبل أن تعقيد الكون والكائنات الحية نشأ من عمليات عشوائية بلا هدف.

<hr>

1.تجاهل السياق الأوسع للكون والحياة

العلم الحديث يميل إلى تقسيم المعرفة إلى مجالات متخصصة جدًا، ويعمل في كثير من الأحيان على دراسة أجزاء صغيرة من الكون والحياة بمعزل عن السياق الأوسع. هذا المنهجية التجزيئية تقود إلى فقدان الرؤية الشاملة للكون ككل، وتجعل العلماء يتجاهلون الأسئلة الكبرى مثل: ما الهدف من وجود الكون؟ ولماذا نحن هنا؟

على سبيل المثال، بينما تركز نظريات مثل الانفجار العظيم والتطور على العمليات المادية والتفاعلات الطبيعية، فهي تتجاهل الأسئلة الفلسفية والدينية الأكبر حول الهدف والغاية من خلق الكون والحياة.

———— ● ————

1. إقصاء الفطرة السليمة والتأمل العقلي

المنهج العلمي الحديث يضع تركيزًا شديدًا على التجربة والملاحظة الحسية، ويقلل من قيمة التأمل العقلي والفطري في الوصول إلى الحقائق. إلا أن قضايا الخلق تتطلب تفكيرًا يتجاوز العالم المادي، خاصة عندما نتحدث عن أمور مثل أصل الكون، وسبب وجوده، والغاية من خلق الإنسان.

الفطرة السليمة تدعو الإنسان للاعتراف بوجود خالق حكيم وراء هذا النظام المتقن للكون، بينما المنهج العلمي الحديث يُقصي هذه الفطرة بدعوى أنه لا يمكن اختبارها أو قياسها بالتجربة العلمية.

القرآن الكريم يدعو الإنسان للتفكر في آيات الله في الكون: "إِنَّ فِي خَلْقِ السَّمَاوَاتِ وَالْأَرْضِ وَاخْتِلَافِ اللَّيْلِ وَالنَّهَارِ لَآيَاتٍ لِأُولِي الْأَلْبَابِ" (آل عمران: 190)، وهو تأمل يتجاوز حدود العلم المادي.

———— ● ————

1. السيطرة الأيديولوجية على الأبحاث العلمية

هناك تأثير كبير للمصالح الأيديولوجية والسياسية على البحث العلمي، خاصة في المجالات التي تتعلق بالخلق والكون. بعض هذه التأثيرات تدفع العلماء نحو تبني نظريات تتوافق مع أيديولوجيات مادية أو إلحادية، مما يؤدي إلى انحراف في التوجهات العلمية.

نظرية التطور والانفجار العظيم، رغم أن لها بعض الدعم العلمي، إلا أنها استُخدمت أيضًا كأداة لتعزيز الأيديولوجيات الإلحادية.

هناك توجه عالمي، خاصة في الدول الغربية، نحو ترويج نظريات تتناقض مع الدين، ليس فقط لأسباب علمية، ولكن لأهداف سياسية واجتماعية. هذه السيطرة الأيديولوجية تحرف البحث العلمي عن مساره الطبيعي، وتجعل منه وسيلة لنشر أفكار معينة على حساب الحقيقة الشاملة.

36

1.تضارب النظريات والتفسيرات العلمية

رغم التقدم الكبير الذي حققه العلم الحديث، إلا أن هناك العديد من التناقضات والتضاربات في التفسيرات العلمية المتعلقة بقضايا الخلق. فالنظريات العلمية الكبرى مثل نظرية الانفجار العظيم والتطور ليست خالية من التحديات والانتقادات.

على سبيل المثال، هناك تضاربات كبيرة في فهم أصل الحياة وكيف نشأت أول خلية حية. النظريات المادية تقدم تفسيرات تعتمد على العشوائية، لكن هذه التفسيرات ما زالت تواجه العديد من الثغرات العلمية.

هذه التناقضات توضح أن المنهج العلمي الحديث لا يمكنه وحده أن يفسر بشكل كامل ودقيق مسائل الخلق، وأن هناك حاجة للنظر في الأبعاد الروحية والفلسفية.

الختام: ضرورة التوازن بين العلم والدين في تفسير الخلق

أخطاء المنهج العلمي الحديث في تفسير قضايا الخلق تعود إلى تبني رؤية مادية بحتة تعتمد على الصدفة وتجاهل الغايات، مع إقصاء الفطرة السليمة والبعد الغيبي. على الرغم من قوة العلم في تفسير بعض الظواهر المادية، إلا أن قضايا الخلق تتطلب مقاربة أكثر شمولية تتضمن النظر إلى الغاية من الخلق، والعناية الإلهية وراءه.

من الضروري إعادة التوازن بين العلم والدين في هذه القضايا، حيث يكمل كل منهما الآخر في الوصول إلى الحقيقة الشاملة حول خلق الكون والإنسان.

الفصل الثالث: الخلق الكوني ـ نظريات الكون بين الحقيقة والوهم

أولاً: نظرية الانفجار العظيم: تحليل ونقد

1. استعراض النظرية

نظرية الانفجار العظيم تُعدّ واحدة من أشهر النظريات العلمية في تفسير نشأة الكون. وفقًا لهذه النظرية، كان الكون في بدايته عبارة عن نقطة ذات كثافة وحرارة شديدتين (تسمى المفردة الكونية)، ثم انفجرت تلك النقطة بشكل هائل قبل حوالي 13.8 مليار سنة، مما أدى إلى تمدد الكون وتشكل العناصر الأولى كالهيدروجين والهيليوم، ثم تطورت النجوم والمجرات والكواكب نتيجة لهذا التمدد المستمر.

تشير هذه النظرية إلى أن الكون لا يزال في حالة تمدد حتى اليوم، وهو ما يدعمه اكتشاف توسع المجرات عن طريق ظاهرة انزياح الضوء نحو الأحمر. وقد أدت هذه النظرية إلى استنتاج أن الكون له بداية محددة، وهي ما يعرف بـ "اللحظة الصفر"، أي بداية الزمن والفضاء وكل شيء.

2. الأسس العلمية لنظرية الانفجار العظيم

هناك بعض الأدلة العلمية التي يستند إليها مؤيدو نظرية الانفجار العظيم:

إشعاع الخلفية الكونية: هو عبارة عن الإشعاع المتبقي من الانفجار العظيم، وهو منتشر في جميع أنحاء الكون.

توسع الكون: أظهر الفيزيائي الأمريكي إدوين هابل في عشرينيات القرن الماضي أن المجرات تبتعد عن بعضها، مما يدل على أن الكون يتمدد، وهو ما يتوافق مع الفكرة القائلة إن الكون بدأ من نقطة معينة.

نسب العناصر الأولية: تتنبأ النظرية بأن الهيدروجين والهيليوم هما العنصران الأساسيان في الكون بعد الانفجار، وهذا ما تم تأكيده من خلال الرصد الفلكي.

---

3. نقد النظرية من المنظور القرآني

أ. تعارض النظرية مع القرآن

نظرية الانفجار العظيم، رغم ما تحظى به من قبول في الأوساط العلمية، تتعارض مع التصور القرآني لنشأة الكون. القرآن الكريم لا يشير إلى أن الكون نشأ من انفجار عنيف أو أن المادة كانت موجودة ثم انفجرت، بل يُفهم من القرآن

أن الله خلق الكون بإرادته وبأمره المباشر، وأن السماء والأرض كانتا رتقًا ثم فتقهما الله بإرادته.

يقول الله تعالى: "أَوَلَمْ يَرَ الَّذِينَ كَفَرُوا أَنَّ السَّمَاوَاتِ وَالْأَرْضَ كَانَتَا رَتْقًا فَفَتَقْنَاهُمَا وَجَعَلْنَا مِنَ الْمَاءِ كُلَّ شَيْءٍ حَيٍّ أَفَلَا يُؤْمِنُونَ" (الأنبياء: 30).

تتحدث هذه الآية عن أن السماوات والأرض كانتا في حالة "رتق" (متحدة)، ثم تم فتقهما، أي فصلهما وتفريقهما. إلا أن هذا الفتق لا يشير إلى انفجار أو تمدد ذاتي كما في نظرية الانفجار العظيم، بل إلى فعل إلهي واعٍ ومقصود.

ب. الغاية والتدبير الإلهي

النظرية العلمية تتبنى مفهوم الصدفة والعشوائية في نشأة الكون، حيث ترى أن هذا الانفجار كان حدثًا طبيعيًا بدون أي غاية أو قصد. بينما القرآن الكريم يؤكد على أن الكون خُلق بحكمة وغاية، وأن الله سبحانه وتعالى هو من دبر كل شيء بإتقان.

يقول الله تعالى: "خَلَقَ السَّمَاوَاتِ وَالْأَرْضَ بِالْحَقِّ" (التوبة: 119)،

ويقول أيضًا: "وَمَا خَلَقْنَا السَّمَاءَ وَالْأَرْضَ وَمَا بَيْنَهُمَا بَاطِلًا" (ص: 27).

هذه الآيات تؤكد على أن الكون لم يُخلق عبثًا أو صدفة، بل خُلق بالحق ووفقًا لخطة إلهية محكمة.

ج. فكرة "البداية المطلقة"

رغم أن نظرية الانفجار العظيم تتحدث عن بداية للكون، إلا أنها تظل قاصرة عن تفسير سبب حدوث هذا الانفجار أو ما كان قبل هذه "اللحظة الصفر". العلم الحديث يعجز عن الإجابة على السؤال الأساسي: لماذا حدث الانفجار؟

أما في القرآن الكريم، فالبداية المطلقة واضحة، إذ أن الله هو الذي خلق كل شيء بإرادته: "بَدِيعُ السَّمَاوَاتِ وَالْأَرْضِ، وَإِذَا قَضَى أَمْرًا فَإِنَّمَا يَقُولُ لَهُ كُنْ فَيَكُونُ" (البقرة: 117).

4. نقد النظرية من المنظور العلمي

بالإضافة إلى التعارض مع الرؤية القرآنية، فإن نظرية الانفجار العظيم ليست خالية من النقد العلمي. هناك العديد من الثغرات والأسئلة التي لم تتمكن النظرية من الإجابة عليها بشكل مقنع:

أ. مشكلة "التفرد" أو "المفردة الكونية"

النظرية تفترض أن الكون بدأ من نقطة ذات كثافة وحرارة لا نهائيتين، وهو ما يُعرف بـ "المفردة". ولكن العلم يعجز عن تفسير كيف يمكن أن توجد مثل هذه المفردة، حيث تتطلب قوانين الفيزياء المعتادة أن تنهار أمام مثل هذه الظروف القصوى.

هذا يعني أن الفيزياء الحالية لا تستطيع تفسير ما كان قبل أو في اللحظة التي بدأ منها الانفجار.

ب. المادة المظلمة والطاقة المظلمة

رغم أن نظرية الانفجار العظيم تقدم تفسيرًا لتوسع الكون، إلا أنها تعتمد بشكل كبير على مفاهيم غير مؤكدة مثل المادة المظلمة والطاقة المظلمة، وهما مفهومان افتراضيان لم يُثبت وجودهما بشكل قاطع حتى الآن، ويُستخدمان فقط لشرح بعض الظواهر التي لا يمكن تفسيرها ضمن إطار النظرية.

ج. عدم التوافق مع بعض الاكتشافات الحديثة

في السنوات الأخيرة، ظهرت بعض الملاحظات الفلكية التي قد تتعارض مع فرضية الانفجار العظيم. على سبيل المثال، بعض القياسات التي أجريت على الخلفية الكونية تشير إلى وجود "تكتلات" في الكون أكبر مما تتنبأ به النظرية. كما أن هناك مجرات شديدة الضخامة تم اكتشافها في وقت مبكر جدًا من عمر الكون، وهي أكبر بكثير مما يمكن تفسيره ضمن الإطار الزمني لنظرية الانفجار العظيم.

5. الختام: تأمل في النظرية ودورها

في النهاية، رغم أن نظرية الانفجار العظيم تحظى بقبول واسع في الأوساط العلمية، إلا أنها ليست خالية من الثغرات العلمية والفلسفية. من المنظور القرآني، النظرية تتعارض مع التصور الديني لنشأة الكون، حيث لا تعترف بوجود خالق حكيم ومقصود خلف خلق الكون.

كما أن النظرية العلمية نفسها غير قادرة على تفسير كل الظواهر المتعلقة بنشأة الكون، ولا تقدم إجابات كافية عن الأسئلة الأساسية حول الغاية من الخلق والسبب وراء البداية.

لهذا، ينبغي التعامل مع نظرية الانفجار العظيم على أنها مجرد نظرية علمية تخضع للتغيير والتطوير، وليست حقيقة مطلقة تتوافق مع النصوص الدينية أو تفسر كامل حقيقة الوجود.

ثانياً: الفضاء والسماء: ماذا نعلم؟

1. مزاعم علوم الفضاء والفلك حول بداية الكون

علوم الفضاء والفلك تعد من أهم المجالات التي تسعى لفهم أصل الكون ومكوناته وكيفية نشأته. بناءً على النظريات العلمية السائدة، تُعتبر السماء والفضاء الكوني أبعادًا مفتوحة مترامية الأطراف تحوي مليارات المجرات والنجوم، وكلها تتنبثق من حدث "الانفجار العظيم"، كما تدعي النظريات العلمية.

العلماء يزعمون أن السماء التي نراها ما هي إلا جزء صغير من الفضاء الكوني الشاسع الذي يمتد لأبعاد يصعب استيعابها بالعقل البشري. الفضاء مليء بالعناصر المادية غير المرئية مثل المادة المظلمة والطاقة المظلمة، التي تشكل حوالي 96% من الكون وفقًا للتقديرات العلمية. ولكن هذه الافتراضات تعتمد على حسابات ونماذج رياضية، ولا يوجد دليل مادي حاسم على وجود تلك العناصر أو على تفسير شامل لآلية عملها.

2. السماء والفضاء من منظور القرآن

عند الرجوع إلى القرآن الكريم، نجد أن مفهوم السماء في الإسلام مختلف تمامًا عن الفهم العلمي الحديث للفضاء. القرآن الكريم يتحدث عن سبع سماوات، حيث خلق الله هذه السماوات بإحكام وتوازن، وكل سماء لها وظيفتها.

يقول الله تعالى: "اللَّهُ الَّذِي خَلَقَ سَبْعَ سَمَاوَاتٍ وَمِنَ الْأَرْضِ مِثْلَهُنَّ" (الطلاق: 12)،

ويقول أيضًا: "الَّذِي خَلَقَ سَبْعَ سَمَاوَاتٍ طِبَاقًا مَا تَرَى فِي خَلْقِ الرَّحْمَنِ مِنْ تَفَاوُتٍ" (الملك: 3).

هذه الآيات تشير إلى أن الله سبحانه وتعالى خلق السماوات بإتقان، وجعل كل سماء تحتل مرتبة معينة ووظيفة مخصصة، وليس مجرد فراغ شاسع كما يصوره العلم. السماء ليست "فضاء" خالياً، بل هي بناء محكم مملوء بالكواكب والنجوم التي تسبح بأمر الله.

3. نقد مزاعم الفضاء الحديث

أ. وهم الفضاء اللامتناهي

الفكرة السائدة اليوم حول الفضاء هي أنه لا نهائي ومترامي الأطراف، ولكن إذا تفكرنا من المنظور الإسلامي، نجد أن القرآن لا يشير إلى هذا المفهوم، بل يُعلمنا أن السماء مخلوقة بحدود. الله تعالى يقول: "وَإِنَّا لَمُوسِعُونَ" (الذاريات:

47)، وهي آية تشير إلى أن السماء تتسع، لكن هذا لا يعني أنها لا نهائية كما تصورها بعض النظريات العلمية.

من ناحية أخرى، النظريات الحديثة لا تقدم تفسيرًا دقيقًا لما وراء حدود الكون المرئي، بل تعتمد على افتراضات رياضية بحتة لا يوجد دليل حاسم عليها، مما يفتح المجال للشك في مدى صحة تلك المزاعم.

ب. المادة المظلمة والطاقة المظلمة: حقائق أم افتراضات؟

علماء الفلك اليوم يعتمدون بشكل كبير على مفاهيم مثل المادة المظلمة والطاقة المظلمة لتفسير بعض الظواهر الكونية التي لا تتماشى مع النماذج الفيزيائية المعروفة. ورغم أن هذه المفاهيم قد أصبحت جزءًا من العلوم المتداولة، إلا أنه لم يتم رصدها أو إثبات وجودها بشكل مباشر حتى الآن.

هذا يعني أن كثيرًا من العلوم الحديثة المتعلقة بالفضاء تعتمد على افتراضات غير مؤكدة، مما يجعل النظريات الفلكية المتعلقة بنشأة الكون وتطوره محل تساؤل. إذا كانت هذه النظريات مبنية على مفاهيم غير مرصودة وغير مؤكدة، فكيف يمكن اعتبارها حقائق علمية؟

ج. حدود الرؤية البشرية واستحالة المعرفة المطلقة

النظر إلى الكون عبر التلسكوبات والمناظير الحديثة يُعد محدودًا للغاية مقارنة بما يحيط بالكون من أسرار. النظرية القائلة إننا يمكننا اكتشاف الكون بالكامل أو فهم كل تفاصيله هي نظرية خاطئة من الأساس، لأن الله سبحانه وتعالى هو الوحيد الذي يعلم كل شيء عن خلقه: "وَفَوْقَ كُلِّ ذِي عِلْمٍ عَلِيمٌ" (يوسف: 76).

4. إعادة النظر في مفهوم الكون

من هذا المنطلق، يجب علينا إعادة النظر في مفهوم الفضاء والسماء. العلم، رغم تطوره، ما زال عاجزًا عن تفسير الكثير من الظواهر الكونية بشكل كامل. يجب أن نتعامل بحذر مع العلوم الفلكية الحديثة، لأنها تعتمد على افتراضات رياضية وفلسفية قد تتغير مع مرور الزمن.

النظرة الإسلامية تقدم لنا رؤية مختلفة تعتمد على الإيمان بأن الكون مخلوق ومحدد بإرادة الله، وأن فهمنا للبداية والنهاية محدود جدًا. هذا يعني أن العلم وحده غير كافٍ لتفسير الكون بالكامل، وأن هناك أبعادًا إلهية وعقلية وروحية يتوجب أخذها بعين الاعتبار عند دراسة نشأة الكون.

5. الخلاصة: بين العلم والإيمان

في الختام، العلم الحديث يطرح تصورات عديدة حول الفضاء والسماء ونشأة الكون، لكن هذه التصورات ليست مطلقة أو يقينية. كثير من مزاعم علوم الفضاء تعتمد على افتراضات غير مؤكدة أو مفاهيم رياضية غير مثبتة.

من جهة أخرى، القرآن الكريم يقدم رؤية شاملة ومتناسقة لنشأة السماوات والأرض تعتمد على الإيمان بالله وقدرته المطلقة في خلق الكون. وهذا يدفعنا إلى فهم أعمق للكون ليس فقط من خلال العلم، بل أيضًا من خلال الإيمان والحكمة التي جاء بها القرآن الكريم.

ثالثاً: النظريات البديلة لخلق الكون: تقديم رؤية إسلامية وعلمية لخلق الكون

1. الرؤية القرآنية لخلق الكون

يقدم القرآن الكريم تصورًا شاملاً لخلق الكون، يرتكز على قدرة الله المطلقة وحكمته في خلق السماوات والأرض. جاء في قوله تعالى:

"اللَّهُ خَالِقُ كُلِّ شَيْءٍ وَهُوَ عَلَىٰ كُلِّ شَيْءٍ وَكِيلٌ" (الزمر: 62)،

ويقول سبحانه: "إِنَّ رَبَّكُمُ اللَّهُ الَّذِي خَلَقَ السَّمَاوَاتِ وَالْأَرْضَ فِي سِتَّةِ أَيَّامٍ" (الأعراف: 54).

هذه الآيات توضح أن الله خلق السماوات والأرض في فترة زمنية محددة وفق نظام وتدبير محكم، ويُظهر القرآن أن الخلق لم يكن نتاجًا عشوائيًا أو حدثًا عرضيًا، بل كان عن علم وإرادة إلهية.

2. النظريات البديلة لخلق الكون من المنظور الإسلامي

الإسلام لا يتبنى نظرية "الانفجار العظيم" التي تروج لها العلوم الحديثة كوسيلة وحيدة لشرح خلق الكون، بل يقدم بديلاً يعتمد على المفاهيم القرآنية ويستند إلى الحكمة الإلهية. ومن النظريات البديلة التي تتماشى مع الإيمان بخلق الله للكون:

أ. الكون المخلوق وفق نظام محدد

القرآن يصف الكون بأنه مخلوق بإحكام ودقة، حيث يقول الله تعالى:

"وَالسَّمَاءَ بَنَيْنَاهَا بِأَيْدٍ وَإِنَّا لَمُوسِعُونَ" (الذاريات: 47).

هذه الآية تشير إلى عملية الخلق المتسلسلة والمستدامة للكون. الله يوسع السماوات، ما يشير إلى مفهوم توسع الكون، لكن ليس كما تدعي نظرية الانفجار العظيم.

وفق الرؤية الإسلامية، الكون نشأ بتصميم مقصود ولم يكن نتيجة صدفة أو انفجار غير موجه. توسع الكون وفق الآية هو امتداد لنظام إلهي محكم، لا يحدث نتيجة حدث عشوائي.

ب. الفضاء والسماء من خلال النبضات الكونية

بعض المفسرين والعلماء المسلمين قارنوا الآيات القرآنية مع نظريات علمية تقترح أن الكون يمر بمراحل نبضات مستمرة من التوسع والتقلص، وهذا يُظهر توافقاً محتملاً مع الفكرة القرآنية أن الكون خاضع لتدبير إلهي متجدد:

"كُلَّ يَوْمٍ هُوَ فِي شَأْنٍ" (الرحمن: 29).

وفق هذه النظرية، الكون ليس مجرد حدث عشوائي كـ "الانفجار العظيم"، بل هو عملية مستمرة من الخلق والتوسع، وهذا يتماشى مع المفهوم الإسلامي للتدبير الإلهي المستمر للكون.

ج. الكون ككيان حي أو متفاعل

يرى بعض المفكرين المسلمين أن الآيات التي تصف السماوات والأرض بأوصاف تشبه الكائنات الحية قد تحمل دلالة على أن الكون بأسره هو كيان حي يخضع لأمر الله. يقول تعالى:

"ثُمَّ اسْتَوَىٰ إِلَى السَّمَاءِ وَهِيَ دُخَانٌ" (فصلت: 11).

هذه الآية تعطي إشارة إلى أن السماء كانت في بداية خلقها "دخانًا" أو مادة غير متماسكة، مما قد يشير إلى حالة سائلة أو غازية من الكون قبل تكوينه الحالي. ولكن الأهم هنا هو أن القرآن لا يربط هذا بحدث انفجار عشوائي بل بأمر إلهي مباشر.

3. النظريات العلمية التي تدعم خلقاً موجهاً

على الرغم من هيمنة نظرية الانفجار العظيم في الأوساط العلمية، ظهرت بعض النظريات البديلة التي تقدم تفسيرات مختلفة حول نشأة الكون وتتفق مع فكرة الخلق الموجه، منها:

أ. نظرية التصميم الذكي

نظرية التصميم الذكي تفترض أن الكون وكل مكوناته الدقيقة لا يمكن أن تكون نتاجًا لعشوائية، بل تشير إلى وجود قوة ذكية موجهة خلف هذا النظام. هذه النظرية، على الرغم من عدم اعتمادها بشكل كامل في الأوساط العلمية، تتفق مع المفهوم الإسلامي الذي يرى أن الله هو الخالق الذي وضع القوانين الدقيقة للكون.

تأتي فكرة التصميم الذكي من ملاحظة التوازن المعقد والدقيق في ثوابت الكون مثل الجاذبية، سرعة الضوء، وقوانين الفيزياء الأساسية. هذا التوازن غير المفسر بشكل كافٍ من قبل نظرية الانفجار العظيم يدفع بعض العلماء للاعتقاد بوجود خالق ذكي.

ب. نظرية الأكوان المتعددة ومكانتها في الفكر الإسلامي

تدّعي بعض النظريات العلمية الحديثة أن الكون الذي نعيش فيه ليس الوحيد، بل قد يكون جزءًا من مجموعة كبيرة من الأكوان المتعددة. لكن الإسلام، مع تركيزه على خلق السماوات السبع، يعطي تصورًا يشبه هذه النظرية إلى حد ما، لكن مع الفارق الجوهري بأن الله هو من خلق السماوات السبع وكل ما فيها. وهذا يدعم رؤية تعددية السماوات لكن بإرادة إلهية وليس عبر افتراضات غير موجهة.

4. الخلاصة: تقديم رؤية إسلامية متكاملة

النظريات العلمية قد تكون مفتاحًا لفهم كيفية عمل الكون، لكنها تبقى محدودة مقارنة بالرؤية الإلهية التي يقدمها القرآن الكريم. الإسلام يقدم رؤية أكثر شمولية لخلق الكون تقوم على حكمة الله وقدرته المطلقة.

من خلال تقديم نظريات بديلة تستند إلى الإيمان بالخالق، يمكن الرد على التصورات العلمية المادية وتوجيهها نحو حقيقة أن الكون بكل تفاصيله هو نتاج إرادة إلهية، وليس مجرد حدث عشوائي.

الفصل الرابع: الخلق الإنساني – الرد على نظرية التطور

أولاً: مفهوم خلق الإنسان في القرآن – كيف يصف القرآن خلق الإنسان الأول

القرآن الكريم يقدّم سردًا واضحًا وشاملاً عن خلق الإنسان، يختلف تمامًا عن نظريات التطور التي تروج لها العلوم الحديثة. بينما تنطلق نظرية التطور من فكرة أن الإنسان نتج عن سلسلة طويلة من التغيرات التطورية عبر ملايين السنين، يركز القرآن على أصل واحد للإنسان وخلقه بيد الله مباشرة.

1.أصل خلق الإنسان: الطين والروح

يصف القرآن الكريم أن الله خلق الإنسان من طين، ويؤكد أن هذا الخلق كان مباشرًا من قبل الله تعالى. يقول الله سبحانه وتعالى في سورة "ص" (71-72):
"إِذْ قَالَ رَبُّكَ لِلْمَلَائِكَةِ إِنِّي خَالِقٌ بَشَرًا مِن طِينٍ. فَإِذَا سَوَّيْتُهُ وَنَفَخْتُ فِيهِ مِن رُوحِي فَقَعُوا لَهُ سَاجِدِينَ."
في هذه الآية نجد وصفاً دقيقاً لعملية خلق آدم عليه السلام، الإنسان الأول، حيث خُلق من الطين، ثم نُفخت فيه الروح الإلهية. هذه العملية لا تعتمد على أي تطور بيولوجي، بل على تدخل مباشر من الله في خلق الإنسان بشكله الكامل منذ البداية.

1.مراحل خلق الإنسان الأول

هناك عدة آيات تشير إلى مراحل خلق الإنسان الأول (آدم عليه السلام)، حيث تصف هذه الآيات تكوينه في عدة مراحل، من الطين إلى التسوية ثم نفخ الروح:
الطين: كما ورد في قوله تعالى: "وَلَقَدْ خَلَقْنَا الْإِنسَانَ مِن سُلَالَةٍ مِّن طِينٍ" (المؤمنون: 12).
هذه الآية تشير إلى أن الإنسان الأول خُلق من سلالة من الطين، مما يدل على أن خلق الإنسان جاء من عناصر أساسية موجودة في الأرض.
التسوية: بعد تشكيل الإنسان من الطين، تأتي مرحلة التسوية أو التهيئة، وهي المرحلة التي يصبح فيها الجسد مهياً لاستقبال الروح. يقول الله تعالى: "فَإِذَا سَوَّيْتُهُ" (الحجر: 29).
نفخ الروح: بعد تسوية الجسد يأتي التدخل الإلهي النهائي، وهو نفخ الروح، مما يعطي الإنسان الحياة. يقول الله تعالى: "وَنَفَخْتُ فِيهِ مِن رُوحِي" (الحجر: 29).

<hr>

1.التفرّد البشري: العقل والنفس والروح

القرآن الكريم يوضح أن الإنسان مميز بين المخلوقات بسبب الروح والعقل التي منحها الله له. بينما تتعامل نظرية التطور مع الإنسان ككائن حيواني متطور، يبرز القرآن جانبًا مختلفًا، حيث يتمتع الإنسان بقدرات عقلية وروحية لا يمكن أن تكون نتاجًا لتطور بيولوجي فقط.

الله يقول:
"وَلَقَدْ كَرَّمْنَا بَنِي آدَمَ" (الإسراء: 70)،
وهذا التكريم الإلهي يشمل العقل، الإرادة الحرة، والقدرة على التمييز بين الخير والشر، وهي صفات لا توجد في الحيوانات.

1. الحجة القرآنية ضد فكرة التطور الحيواني للإنسان

الرؤية القرآنية تؤكد أن الإنسان لم يكن يومًا نتيجة لتطور حيواني، بل هو مخلوق مستقل خُلق بشكله البشري منذ البداية.
في سورة الحجر (28-29)، يقول الله تعالى:
"وَإِذْ قَالَ رَبُّكَ لِلْمَلَائِكَةِ إِنِّي خَالِقٌ بَشَرًا مِّن صَلْصَالٍ مِّنْ حَمَإٍ مَّسْنُونٍ. فَإِذَا سَوَّيْتُهُ وَنَفَخْتُ فِيهِ مِن رُوحِي فَقَعُوا لَهُ سَاجِدِينَ."
يبيّن الله أن الإنسان خُلق بشكل منفصل عن باقي الكائنات، وأنه نال تكريماً خاصاً من خلال نفخ الروح، وهي صفة لا تنطبق على أي مخلوق آخر. وهذا يُفنّد تمامًا فكرة أن الإنسان تطور من كائنات أخرى عبر ملايين السنين.

1. رؤية الإسلام لآدم عليه السلام كأصل للبشرية

التأكيد في القرآن على أن آدم هو أبو البشر جميعًا يعارض بشكل واضح فكرة أن الإنسان تطور من أنواع أخرى. يقول الله تعالى:
"يَا أَيُّهَا النَّاسُ اتَّقُوا رَبَّكُمُ الَّذِي خَلَقَكُم مِّن نَّفْسٍ وَاحِدَةٍ وَخَلَقَ مِنْهَا زَوْجَهَا" (النساء: 1).
هذه الآية تؤكد على وحدة الأصل البشري وأن جميع البشر يعودون إلى آدم وحواء، وهو ما يعارض فكرة أن البشر تطوروا من عدة أنواع أو من كائنات أخرى.

1. استمرارية الخلق البشري: الولادة والتكاثر

بعد خلق آدم وحواء، استمر الخلق البشري من خلال عملية التكاثر الطبيعية، حيث يستمر القرآن في وصف هذه العملية بشكل معقد يشير إلى تدبير إلهي دقيق.
في قوله تعالى:
"وَلَقَدْ خَلَقْنَا الْإِنسَانَ مِن سُلَالَةٍ مِّن طِينٍ. ثُمَّ جَعَلْنَاهُ نُطْفَةً فِي قَرَارٍ مَّكِينٍ. ثُمَّ خَلَقْنَا النُّطْفَةَ عَلَقَةً فَخَلَقْنَا الْعَلَقَةَ مُضْغَةً" (المؤمنون: 12-14).
هذا التسلسل يوضح أن خلق الإنسان ليس نتاج تطور عشوائي، بل هو عملية محكمة وموجهة بعناية إلهية من الطين إلى النطفة إلى الولادة.
الخلاصة
القرآن الكريم يقدم رؤية متكاملة لخلق الإنسان تختلف جذريًا عن نظرية التطور. هذه الرؤية تؤكد أن الإنسان مخلوق بإرادة الله المباشرة، وأن أصله من طين، ثم نُفخت فيه الروح ليصبح مخلوقًا مميزًا عن باقي المخلوقات.

نظرية التطور لا تتوافق مع هذا الطرح القرآني، إذ تقدم تصورًا ماديًا وعشوائيًا لخلق الإنسان، بينما يؤكد القرآن على أن خلق الإنسان جاء نتيجة حكمة وتدبير إلهي، لا مجال فيه للتطور التدريجي من كائنات أدنى.

ثانيًا: نقد نظرية داروين – عرض مفصل لنظرية التطور، وتفنيد حججها العلمية

نظرية التطور التي اقترحها تشارلز داروين في القرن التاسع عشر، والمعروفة أيضًا بـ "التطور عن طريق الانتقاء الطبيعي"، تعتبر من أبرز النظريات التي سعت لتفسير تنوّع الكائنات الحية وظهورها على الأرض. إلا أن هذه النظرية لاقت انتقادات واسعة على مر السنين، سواء من الناحية العلمية أو من الناحية الفلسفية والدينية. في هذا القسم، سنقدم عرضًا لنظرية داروين، ومن ثم تفنيدًا لحججها العلمية استنادًا إلى الأدلة والملاحظات التي تتعارض مع فرضياتها.

1. نظرية داروين: الأسس والمفاهيم الرئيسية

تقوم نظرية داروين على عدة مفاهيم رئيسية، تشمل:

الانتقاء الطبيعي: الكائنات التي تمتلك صفات تساعدها على البقاء والتكاثر في بيئتها تكون أكثر عرضة للبقاء على قيد الحياة ونقل جيناتها إلى الأجيال التالية. ومع مرور الزمن، تصبح هذه الصفات هي الغالبة.

التنوع الوراثي: يحدث التغير الوراثي داخل السلالة نتيجة الطفرات العشوائية في الحمض النووي. هذه الطفرات قد تكون مفيدة أو ضارة أو غير ذات تأثير على الكائن الحي.

البقاء للأصلح: هذا المفهوم يشير إلى أن الأفراد الذين يملكون خصائص تفوق أقرانهم في البقاء والتكاثر سيزدهرون، بينما سيتلاشى الآخرون.

التفرّع والتكيف: بمرور الزمن، تنتج عملية الانتقاء الطبيعي أنواعًا جديدة من الكائنات الحية من سلف مشترك.

---

2. نقد نظرية التطور: التحديات العلمية

على الرغم من تبني النظرية في الأوساط العلمية، إلا أن هناك تحديات علمية جوهرية تواجهها، خاصة في تفسيرها لأصل الإنسان وتطور الأنواع.

أ. سجل الحفريات غير المكتمل

واحدة من أكبر الانتقادات التي وُجّهت لنظرية داروين هي عدم وجود أدلة واضحة في سجل الحفريات تدعم فكرة التطور التدريجي والمتواصل. داروين

نفسه أقر في كتابه "أصل الأنواع" بأن سجل الحفريات كان غير مكتمل في زمنه، وافترض أن الحفريات التي تثبت وجود "الحلقات الوسيطة" بين الأنواع ستُكتشف لاحقًا. ومع ذلك، بعد أكثر من قرن ونصف من البحث والتنقيب، لا يزال سجل الحفريات يعاني من نفس المشكلة.

الحلقات الوسيطة المفقودة: يُفترض وفقًا لنظرية داروين أن هناك مراحل وسيطة بين الأنواع الحالية وأسلافها التطورية. لكن، حتى اليوم، لا توجد حفريات كافية تثبت هذا الانتقال التدريجي بين الأنواع. على سبيل المثال، الحفريات التي تُظهر الانتقال من الزواحف إلى الطيور أو من الثدييات البحرية إلى البرية تظل قليلة وغير مكتملة.

الظهور المفاجئ للأنواع: العديد من الأنواع تظهر في سجل الحفريات بشكل مفاجئ وكامل التطور، دون أي دليل على وجود أسلاف وسيطة. هذا يتناقض مع فكرة التدرج البطيء الذي تقوم عليه نظرية التطور.

<hr>

ب. الطفرات العشوائية والانتقاء الطبيعي

تعتبر الطفرات العشوائية هي الأساس الذي تعتمد عليه نظرية التطور في تفسير التغيرات الوراثية. ومع ذلك، هناك عدة إشكالات تتعلق بفعالية هذا المبدأ في تفسير التنوع البيولوجي وتعقيد الكائنات الحية:

ندرة الطفرات المفيدة: معظم الطفرات التي تحدث في الكائنات الحية إما ضارة أو غير ذات تأثير يُذكر. الطفرات المفيدة التي تؤدي إلى تحسين الصفات البيولوجية نادرة جدًا، ولا تكفي لتفسير التحولات الكبيرة في الأنواع.

عدم القدرة على تفسير التعقيد البيولوجي: الانتقاء الطبيعي يعتمد على تراكم طفرات صغيرة على مدى طويل من الزمن. ومع ذلك، لا يمكن لهذا النموذج أن يفسر نشوء أنظمة بيولوجية معقدة تتطلب تعاون عدة أجزاء في نفس الوقت لكي تعمل بكفاءة. على سبيل المثال، النظام المناعي البشري أو آلية عمل العين. هذه الأنظمة المعقدة لا يمكن أن تنشأ تدريجيًا عبر خطوات صغيرة، لأن كل جزء منها يعتمد على الآخر ليكون فعالاً.

<hr>

ج. الاستحالة الإحصائية

التطور العشوائي يتطلب مرور ملايين السنين لتطوير تعقيد الحياة كما نعرفه اليوم، لكن الحسابات الإحصائية تشير إلى أن هذا الأمر غير ممكن من

حيث الاحتمالات. نظرًا لأن الطفرات المفيدة نادرة جدًا، فإن احتمال حدوث تسلسل طويل من الطفرات المفيدة في فترة زمنية محدودة لتكوين كائنات معقدة مثل الإنسان هو احتمال ضئيل جدًا، إلى درجة الاستحالة.

الحسابات الإحصائية لأصل الحياة: عندما نحسب الاحتمالات اللازمة لتشكيل بروتين بسيط مكون من سلسلة معينة من الأحماض الأمينية، نجد أن الاحتمال ضئيل للغاية. البروتينات هي الأساس في بناء الكائنات الحية، وتشير الأبحاث إلى أن تكوينها بالصدفة من خلال التطور العشوائي غير وارد.

تعقيد الحمض النووي: الحمض النووي (DNA) يحتوي على شيفرة جينية معقدة للغاية تتيح للكائنات الحية التكاثر والنمو. هذا النظام المعقد لا يمكن أن يكون نتاجًا لعملية عشوائية، لأن أي خطأ بسيط في الشيفرة يمكن أن يؤدي إلى تدمير الكائن بالكامل.

***

د. التحديات الفلسفية والأخلاقية

بالإضافة إلى التحديات العلمية، توجد اعتراضات فلسفية وأخلاقية على نظرية التطور. فالنظرية تطرح مفهومًا ماديًا بالكامل لظهور الحياة والإنسان، متجاهلة أي دور للقوى الإلهية أو الروحية. هذا يؤدي إلى عدة نتائج غير مقبولة من منظور ديني وأخلاقي:

إنكار وجود الخالق: بتبني نظرية التطور بالكامل، يصبح هناك إنكار أو تجاهل لفكرة أن الله هو الذي خلق الإنسان مباشرة. هذه الفكرة تتعارض مع العقيدة الإسلامية التي تؤكد على أن الله هو الخالق الوحيد للكون والإنسان.

إلغاء الغاية والهدف: نظرية التطور تطرح فكرة أن الحياة والإنسان ليس لهما هدف أو غاية، وأن كل شيء هو نتاج الصدفة والعشوائية. هذه الفكرة تتعارض مع الرؤية الدينية التي تضع للإنسان غاية وهدفًا في الحياة.

***

3. تفنيد حجج نظرية داروين من المنظور القرآني

الرؤية القرآنية لخلق الإنسان ترفض تمامًا فكرة أن الإنسان تطور من كائنات أدنى. القرآن يؤكد أن الإنسان خُلق بشكل مباشر من قبل الله، وأن له غاية وهدفًا في هذه الحياة. كما ذكرنا سابقًا، يصف القرآن عملية خلق الإنسان بوضوح، مما يجعل أي تصور بديل، مثل التطور العشوائي، متناقضًا مع هذا الوصف.

التفرد البشري: القرآن يبرز تميز الإنسان بالعقل والإرادة الحرة والقدرة على التفكير والتعلم، وهي صفات لا يمكن أن تكون نتاجًا لعملية تطورية عشوائية.

التكريم الإلهي للإنسان: يقول الله تعالى:

"وَلَقَدْ كَرَّمْنَا بَنِي آدَمَ" (الإسراء: 70)،

مما يؤكد أن الإنسان له مكانة خاصة بين المخلوقات.

———●———

الخلاصة

نظرية داروين رغم تبنيها من قبل عدد من العلماء، إلا أنها تواجه تحديات علمية وفلسفية لا يمكن تجاهلها. العديد من الأدلة تشير إلى أن تطور الإنسان عبر الطفرات العشوائية والانتقاء الطبيعي أمر غير كافٍ لتفسير تعقيد الحياة والإنسان.

ثالثًا: الفروقات بين الإنسان والقرد ـ علميًا وقرآنيًا

عند الحديث عن نظرية التطور، أحد أشهر الادعاءات هو أن الإنسان والقرد يشتركان في سلف مشترك. هذه الفكرة تعتمد بشكل أساسي على تشابهات في الحمض النووي والصفات الجسدية بين الإنسان وبعض أنواع القردة، وخاصة الشمبانزي. إلا أن هناك فروقات جوهرية، علمية وقرآنية، تجعل هذا الادعاء بعيدًا عن الواقع.

1. الفروقات العلمية بين الإنسان والقرد

على الرغم من التشابه الظاهري بين الإنسان وبعض أنواع القردة، إلا أن الدراسات العلمية تكشف فروقات جوهرية تجعل فكرة التطور من القرد إلى الإنسان غير مقبولة.

أ. الاختلافات الجينية

تشابه الحمض النووي لا يعني تطابقًا: غالبًا ما يُستشهد بنسبة تشابه 98% بين الحمض النووي للإنسان والشمبانزي كدليل على أن الإنسان تطور من سلف مشترك. لكن هذه النسبة، رغم أنها تبدو كبيرة، تتعلق بالجينات الأساسية المسؤولة عن العمليات البيولوجية المشتركة بين جميع الكائنات الحية، مثل تكوين البروتينات والأعضاء الأساسية.

ما يجب ملاحظته هو أن نسبة 2% من الفرق الجيني تعني فروقات هائلة على المستوى الوظيفي والتطوري. هذه الفروقات تتعلق بالصفات التي تجعل الإنسان متميزًا: القدرة على التفكير المنطقي، اللغة، الوعي الذاتي، وغيرها من المهارات العقلية التي لا يمكن تفسيرها بتغيرات جينية صغيرة.

.

***

ب. الفروقات التشريحية

الهيكل العظمي والقدرة على المشي المنتصب: على الرغم من تشابه الهياكل العظمية بين الإنسان والقردة، إلا أن الإنسان يمتلك قدرة فريدة على المشي بشكل منتصب، وهي ميزة غير موجودة لدى القردة. الحوض والعظام في الإنسان تم تصميمها بشكل يسمح بتحمل وزن الجسم بشكل متوازن أثناء المشي، بينما لا تمتلك القردة هذه القدرة.

الدماغ البشري وحجمه: الإنسان يمتلك دماغًا أكبر وأكثر تطورًا مقارنة بالشمبانزي أو الغوريلا. حجم الدماغ البشري يتجاوز بمراحل دماغ أي قرد آخر، كما أن البنية العصبية للدماغ البشري تتيح قدرات فريدة في التفكير المجرد، اللغة، والإبداع، وهي قدرات غائبة تمامًا لدى القردة.

ج. اللغة والقدرة على التواصل المعقد
اللغة البشرية الفريدة: الإنسان هو الكائن الوحيد القادر على تطوير لغات معقدة ومجردة. على الرغم من أن القردة يمكن تدريبها على استخدام بعض الإشارات أو الرموز، إلا أن هذا لا يقترب من مستوى التعقيد الذي يظهر في اللغة البشرية.

اللغات تتطلب قدرات عقلية تشمل الذاكرة، التفكير المجرد، والقدرة على التفكير في الماضي والمستقبل. هذه القدرات غائبة تمامًا لدى القردة، مما يجعل فكرة وجود سلف مشترك بين الإنسان والقردة غير متسقة مع الواقع.

د. التطور الثقافي والتكنولوجي
الإبداع البشري: الإنسان يمتلك قدرة فريدة على الابتكار والإبداع. منذ بداية التاريخ، قام البشر بتطوير أدوات وأساليب معيشية معقدة، بينما لم يظهر أي دليل على أن القردة قادرة على تطوير أدوات أو تكنولوجيا مشابهة.

التطور البشري لا يقتصر على الجسد، بل يمتد إلى الثقافة والحضارة. الإنسان يتميز بتطويره الفنون، العلوم، الدين، والتكنولوجيا، في حين أن القردة لم تظهر أي قدرة على تطوير مثل هذه الأمور عبر تاريخها.

2. الفروقات القرآنية بين الإنسان والقرد
القرآن الكريم يقدم رؤية واضحة وصريحة حول خلق الإنسان، مبينًا تميز الإنسان عن سائر المخلوقات، بما في ذلك القردة.
أ. الإنسان كخليفة في الأرض
في القرآن، يُعتبر الإنسان خليفة الله في الأرض، وهذا التكريم لا ينطبق على أي مخلوق آخر. يقول الله تعالى:
"إِنِّي جَاعِلٌ فِي الْأَرْضِ خَلِيفَةً" (البقرة: 30).

هذا التكريم الفريد يظهر الفروقات الكبيرة بين الإنسان وسائر المخلوقات. الإنسان خُلق بهدف وغاية، وهي العبادة وعمارة الأرض.

ب. نفخ الروح في الإنسان

الله تعالى نفخ في الإنسان من روحه، مما يجعل الإنسان كائنًا متميزًا روحيًا ومعنويًا. يقول الله تعالى:

"فَإِذَا سَوَّيْتُهُ وَنَفَخْتُ فِيهِ مِنْ رُوحِي فَقَعُوا لَهُ سَاجِدِينَ" (الحجر: 29).

نفخ الروح يعني أن الإنسان ليس مجرد كائن مادي مثل الحيوانات، بل يمتلك بعدًا روحيًا يجعله قادرًا على الإحساس بالمعاني الروحية والتواصل مع الله.

ج. العقل والقدرة على التعلم

الله تعالى منح الإنسان قدرة فريدة على التفكير والتعلم. يقول الله تعالى:

"وَعَلَّمَ آدَمَ الْأَسْمَاءَ كُلَّهَا" (البقرة: 31)،

وهذا يعني أن الإنسان يمتلك قدرة على التعلم والفهم تفوق أي مخلوق آخر. هذه القدرة تميز الإنسان عن القردة، التي تفتقر إلى القدرة على التعلم والتفكير بنفس العمق.

د. تكريم الإنسان وتفضيله

يؤكد القرآن أن الله كرّم الإنسان وفضله على كثير من خلقه. يقول الله تعالى:

"وَلَقَدْ كَرَّمْنَا بَنِي آدَمَ" (الإسراء: 70).

هذا التكريم يشمل العقل، الإرادة الحرة، والقدرة على الاختيار بين الخير والشر، وهي خصائص لا توجد لدى الحيوانات.

3. الأدلة القرآنية والعلمية لدحض التطور بين الإنسان والقرد

التباين الواضح في القدرات العقلية: الإنسان يمتلك قدرات عقلية متقدمة جدًا لا يمكن تفسيرها بالطفرات العشوائية أو الانتقاء الطبيعي. هذه القدرات تشمل القدرة على التفكير التجريدي، التخطيط للمستقبل، والتحليل النقدي. القردة، على الرغم من أنها تظهر بعض مظاهر الذكاء، إلا أنها لا تمتلك هذه القدرات المتقدمة.

الاختلافات التشريحية والوظيفية بين الإنسان والقردة: الهيكل العظمي، الدماغ، والقدرات الحركية تظهر تباينًا واضحًا بين الإنسان والقردة، مما يجعل فكرة تطور الإنسان من سلف مشترك مع القردة غير معقولة.

التعاليم القرآنية الواضحة: القرآن يؤكد بشكل قاطع أن الإنسان خُلق بشكل مباشر من قبل الله، وأنه يمتلك مكانة خاصة بين المخلوقات. هذا يتناقض تمامًا مع فكرة أن الإنسان تطور تدريجيًا من كائنات أدنى.

الخلاصة

رغم أن هناك تشابهات ظاهرية بين الإنسان والقردة، إلا أن الفروقات الجذرية، سواء من الناحية العلمية أو القرآنية، تؤكد أن الإنسان كائن متميز خُلق مباشرة من الله. لا يمكن تفسير هذا التميز من خلال نظرية التطور، بل إنه يتطلب وجود خالق حكيم منح الإنسان هذه القدرات الفريدة.

رابعًا: ثغرات السجل الأحفوري وأصل الإنسان

سجل الحفريات يُعتبر أحد الأعمدة الأساسية التي تعتمد عليها نظرية التطور لدعم ادعاءاتها حول تطور الأنواع، بما في ذلك تطور الإنسان. ومع ذلك، عند مراجعة هذا السجل، نجد أن هناك العديد من الثغرات الكبيرة التي تقوض نظرية التطور بشكل عام، وتحديدًا الادعاء بأن الإنسان تطور تدريجيًا من أسلاف مشتركة مع القردة.

1. الفجوات الكبيرة في السجل الأحفوري

أ. غياب الحلقات الوسيطة

نظرية التطور تعتمد على فكرة "الحلقات الوسيطة"، وهي الكائنات الانتقالية التي يفترض أنها تُمثِّل المراحل التطورية بين الأنواع المختلفة. ولكن، السجل الأحفوري لا يحتوي على هذه الحلقات بوضوح عندما يتعلق الأمر بتطور الإنسان.

قلة الأدلة على المراحل الانتقالية: لا يوجد في السجل الأحفوري تسلسل واضح ومنسجم يُظهر الانتقال التدريجي من الكائنات الشبيهة بالقردة إلى الإنسان. الفجوات بين الأنواع المزعومة والإنسان كبيرة وغير مفسرة بشكل كافٍ.

ظهور الإنسان الحديث فجأة: أحد أكبر التحديات التي تواجه نظرية التطور هو أن الإنسان الحديث (Homo sapiens) يظهر فجأة في السجل الأحفوري، دون وجود أدلة على تطور تدريجي من سلف أدنى. هذه "القفزة" المفاجئة تتناقض مع مفهوم التطور البطيء والتدريجي الذي تدعيه النظرية.

***

ب. عدم توافق الحفريات المكتشفة

حتى عندما يُعثر على حفريات يُعتقد أنها تعود للبشر الأوائل أو لأشباه الإنسان، فإن هناك خلافات كبيرة بين العلماء حول تصنيف هذه الحفريات وطبيعة علاقاتها بالإنسان الحديث.

التناقض في تصنيف الحفريات: العديد من الحفريات تُصنَّف بطرق مختلفة وفقًا للمنهج العلمي المتبع والعالم الذي يقوم بالدراسة. على سبيل المثال، الحفريات التي تم العثور عليها لأشباه البشر مثل Homo habilis

وAustralopithecus تشهد جدلاً كبيرًا حول ما إذا كانت أسلافًا مباشرة للإنسان أو مجرد أنواع جانبية لا علاقة لها بالإنسان الحديث.

ندرة الحفريات الموثقة: بالمقارنة مع الحيوانات الأخرى، فإن حفريات البشر الأوائل نادرة جدًا، مما يجعل بناء تسلسل تطوري مقنع أمرًا صعبًا للغاية. هذا النقص في الأدلة يثير الشكوك حول مدى صحة النظرية.

⎯⎯⎯◦⎯⎯⎯

2. غياب الأدلة على التطور التدريجي
أ. التغيرات الفجائية في الأنواع
السجل الأحفوري يشير في بعض الأحيان إلى تغيرات فجائية بدلاً من تغيرات تدريجية في الأنواع، وهو ما يتعارض مع الفكرة الأساسية لنظرية التطور التي تفترض تغيرًا تدريجيًا عبر ملايين السنين.

الطفرة النوعية: عوضًا عن وجود تسلسل تطوري واضح، نجد أن الأنواع الجديدة تظهر فجأة في السجل الأحفوري دون أن يكون لها أسلاف وسيطة. هذا ما يسمى "الطفرة النوعية"، وهو ما يضع نظرية التطور في مأزق، لأن هذه الطفرات لا يمكن تفسيرها بواسطة التطور التدريجي.

⎯⎯⎯◦⎯⎯⎯

ب. قفزة الوعي البشري
أحد الجوانب التي لا يمكن لنظرية التطور تفسيرها هو "قفزة الوعي" التي حدثت للإنسان. البشر يمتلكون قدرات عقلية فريدة مثل التفكير المجرد، التخطيط للمستقبل، والقدرة على تطوير التكنولوجيا والفن، وهذه القدرات لا توجد لدى أي نوع آخر من الكائنات.

غياب دليل تطوري على الوعي: السجل الأحفوري لا يقدم أي دليل يوضح كيف تطورت هذه القدرات العقلية الفريدة لدى البشر، وهي قدرات تميز الإنسان بشكل جذري عن جميع الأنواع الأخرى، بما في ذلك أشباه البشر.

⎯⎯⎯◦⎯⎯⎯

3. حجج مضادة لوجود تطور تدريجي للإنسان
أ. استمرارية الفروقات الجينية

بالرغم من التشابه في بعض الجوانب بين البشر وأشباه البشر، إلا أن الفروقات الجينية تظل واضحة وكبيرة. الإنسان الحديث يمتلك ميزات جينية فريدة لا يمكن إرجاعها إلى الطفرات العشوائية أو الانتقاء الطبيعي.

الثبات الجيني عبر الزمن: الإنسان الحديث يظهر في السجل الأحفوري دون تغيرات جينية كبيرة على مدى عشرات الآلاف من السنين، مما يعزز فكرة أن الإنسان خُلق بكامل قدراته من البداية دون تطور تدريجي.

<hr>

ب. الثغرات الكبيرة في الأدلة الأحفورية

كما ذكرنا، السجل الأحفوري لا يقدم تسلسلاً منطقياً أو مقنعاً يوضح كيف تطور الإنسان تدريجياً. الفجوات الكبيرة بين أنواع أشباه البشر والإنسان الحديث تثير التساؤلات حول صحة هذه الادعاءات.

4. المنظور القرآني لخلق الإنسان

القرآن الكريم يقدم تصورًا واضحًا حول خلق الإنسان، يتناقض مع ادعاءات نظرية التطور. الله سبحانه وتعالى يصف خلق الإنسان بوضوح في عدة مواضع من القرآن.

أ. خلق آدم مباشرة

القرآن يوضح أن الإنسان خُلق بشكل مباشر من الله سبحانه وتعالى. يقول الله تعالى في القرآن الكريم:

"وَلَقَدْ خَلَقْنَا الْإِنسَانَ مِن سُلَالَةٍ مِّن طِينٍ" (المؤمنون: 12)

هذا يتناقض مع فكرة التطور التدريجي من كائنات أدنى.

ب. تكريم الإنسان

الله كرّم الإنسان وفضّله على كثير من المخلوقات. يقول الله تعالى:

"وَلَقَدْ كَرَّمْنَا بَنِي آدَمَ" (الإسراء: 70)

هذا التكريم يدل على مكانة الإنسان الخاصة، ولا يمكن تفسيره بالتطور العشوائي من كائنات أدنى.

الخلاصة

السجل الأحفوري، رغم أنه يعتبر أداة رئيسية لدعم نظرية التطور، إلا أنه مليء بالثغرات والفجوات الكبيرة، خاصة عندما يتعلق الأمر بتطور الإنسان. غياب الحلقات الوسيطة والتغيرات الفجائية في الأنواع، بالإضافة إلى الثبات الجيني والقدرات العقلية الفريدة للإنسان، تجعل من الصعب قبول فكرة أن

الإنسان تطور تدريجياً. القرآن الكريم يقدم رؤية واضحة ومتكاملة حول خلق الإنسان، تتناقض بشكل جذري مع ادعاءات التطور.

الفصل الخامس: الحجج العلمية لدحض نظريات التطور والخلق الكوني

أولًا: ثغرات علمية في النظريات الحديثة: تقديم الأدلة العلمية على عدم كفاية النظريات الحالية في تفسير الخلق

تعتبر نظريات التطور والخلق الكوني (مثل نظرية الانفجار العظيم ونظرية التطور الدارويني) من أكثر النظريات تأثيرًا في تفسير أصل الحياة والكون في العلوم الحديثة. ومع ذلك، فإن هناك العديد من الثغرات العلمية التي تظهر بوضوح في هذه النظريات، والتي تكشف عن محدوديتها وعدم قدرتها على تفسير الظواهر بشكل كامل. سنقوم في هذا القسم بتقديم الأدلة العلمية التي تدحض هذه النظريات وتوضح كيف أن العلوم الحديثة ما زالت غير قادرة على تفسير الخلق بطريقة تتماشى مع الحقائق العلمية.

1. ثغرات نظرية الانفجار العظيم

نظرية الانفجار العظيم تُعتبر النظرية السائدة التي تفسر بداية الكون، ولكن رغم شهرتها الواسعة، فإنها تحتوي على العديد من الثغرات العلمية التي تثير التساؤلات.

أ. مشكلة المادة والطاقة المظلمة

الكون كما نعرفه يتكون بنسبة كبيرة من مادة وطاقة "مظلمة"، التي لا يمكن قياسها أو رؤيتها بشكل مباشر. لكن رغم أن هذه المادة المظلمة والطاقة المظلمة تشكل 95% من الكون وفقًا للنظرية، لا يوجد أي تفسير واضح أو دليل مباشر على طبيعتها أو كيفية نشوئها.

غياب الأدلة التجريبية: لم تُكتشف حتى الآن أية أدلة تجريبية تدعم وجود هذه المادة المظلمة والطاقة المظلمة، مما يجعل من الصعب قبول فكرة أن الكون نشأ من انفجار عظيم أدى إلى توزيع هذه المادة الغامضة بطريقة معينة.

ب. انحراف التنبؤات والنماذج

تنبأت نظرية الانفجار العظيم بوجود إشعاع خلفي ناتج عن الانفجار نفسه، وهو ما تم اكتشافه لاحقًا، ولكنه جاء مع العديد من التناقضات في التنبؤات الأولية. النموذج الحالي يواجه صعوبة في تفسير بعض الملاحظات الكونية بشكل كامل، مثل وجود بُنى كونية ضخمة بشكل غير متوقع، والتي قد تعارض تنبؤات النموذج الحالي.

تناقضات في تفسير التوزيع الكوني: بعض الملاحظات حول توزيع المجرات والنجوم في الكون تشير إلى بنى ضخمة جدًا ومعقدة تتناقض مع التوقعات التي يضعها نموذج الانفجار العظيم.

---

2. ثغرات نظرية التطور

نظرية التطور، التي تشرح تطور الحياة على الأرض عبر الانتقاء الطبيعي والطفرة العشوائية، تعد من النظريات الأساسية في البيولوجيا الحديثة. ولكن هناك العديد من الثغرات التي تكشف عن قصورها في تفسير نشوء الحياة وتعقيداتها.

أ. مشكلة الأصل المشترك

نظرية التطور تعتمد بشكل أساسي على فكرة أن جميع الكائنات الحية تشترك في أصل مشترك واحد. ومع ذلك، لا تقدم النظرية تفسيرًا مقنعًا للكيفية التي نشأت بها الحياة الأولى. في حين أن العلماء يفترضون أن الحياة بدأت من جزيئات بسيطة، فإن الظروف التي كانت ضرورية لحدوث هذا التحول لا تزال غير واضحة.

غياب الأدلة على بداية الحياة: لم يتمكن العلماء حتى الآن من إعادة إنشاء الظروف التي يمكن أن تتيح ظهور الحياة من مواد غير حية في المختبر، مما يضعف فرضية التطور فيما يتعلق بنشوء الحياة.

ب. مشكلة الطفرات العشوائية

الطفرات العشوائية، التي هي المصدر الرئيسي للتنوع الوراثي وفقًا لنظرية التطور، لا يمكن أن تفسر تكوين الكائنات الحية المعقدة. الطفرات العشوائية قد تؤدي إلى تغييرات ضارة أو غير فعالة في الكائنات الحية، ولكن من غير المحتمل أن تؤدي إلى تكوين كائنات أكثر تعقيدًا وكفاءة.

المشكلة الرياضية للطفرات العشوائية: بعض العلماء يعتقدون أن الاحتمالات الرياضية لحدوث طفرة مفيدة هي شبه مستحيلة، خاصة عندما يتعلق الأمر بتكوين خصائص معقدة مثل الأعضاء الحساسة أو الأنسجة الدقيقة التي توجد في الكائنات الحية.

ج. غياب السجل الأحفوري الانتقالي

كما تم الحديث في الفصول السابقة، فإن السجل الأحفوري لا يقدم تسلسلًا مستمرًا أو مقنعًا لتطور الأنواع. على الرغم من أن هناك بعض الحفريات التي يُفترض أنها تمثل مخلوقات وسيطة بين الأنواع، إلا أن هذه الحفريات قليلة ولا تمثل تدرجًا منطقيًا أو تدعمه.

الفجوات بين الأنواع: الفجوات الكبيرة بين الأنواع، خاصة في سجل الحفريات للبشر وأشباه البشر، تشير إلى أن هناك مشكلة في تفسير كيفية تطور الأنواع بشكل تدريجي من أسلاف مشتركة.

---

3. الأدلة التجريبية في التحدي للنظريات الحديثة

أ. قوانين الديناميكا الحرارية

الديناميكا الحرارية هي أحد فروع الفيزياء التي تدرس حركة الطاقة والمواد في الأنظمة المغلقة. وفقًا لهذه القوانين، فإن الكون، كما هو موجود اليوم، يواجه عملية تفكك تدريجي، حيث تتراجع كمية الطاقة المتاحة على مر الزمن. وهذا يتناقض مع فرضية الانفجار العظيم التي تدعي أن الكون بدأ في حالة منظمة للغاية ومن ثم تطور إلى حالته الحالية.

مشكلة "الانتروبيا": الانتروبيا، أو فوضى النظام، تشير إلى أن الأنظمة الطبيعية تميل إلى الفوضى، ما يتناقض مع فكرة أن الكون بدأ في حالة من النظام الكامل، كما تفترض نظرية الانفجار العظيم.

ب. القانون الحيوي للمعلومات

في البيولوجيا، يشير مفهوم المعلومات الوراثية إلى البيانات المشفرة في الحمض النووي (DNA) التي تحدد كيفية بناء الكائنات الحية. نظرية التطور تستند إلى أن الطفرات العشوائية في الحمض النووي هي مصدر التغيير الجيني، ولكنها لا تفسر كيف يتم إنشاء معلومات جديدة في جينوم الكائنات.

مشكلة نشوء المعلومات: في نظرية التطور، لا يوجد تفسير مقنع حول كيفية ظهور معلومات جديدة ومعقدة في الحمض النووي، وهو أمر ضروري لتطور الأنواع. الطفرات العشوائية غالبًا ما تؤدي إلى فقدان أو تغيير للمعلومات، بدلاً من إضافة معلومات جديدة.

4. المنظور القرآني حول الخلق

القرآن الكريم يقدم منظورًا مختلفًا تمامًا عن تفسير الخلق. من خلال الآيات التي تتحدث عن خلق الكون والحياة، يتضح أن الخلق تم بإرادة الله وبطريقة متقنة ومنظمة، وليس من خلال عمليات عشوائية أو انفجارات كونية.

أ. الخلق بتدبير إلهي

يقول الله تعالى في القرآن:

"إِنَّمَا أَمْرُهُ إِذَا أَرَادَ شَيْئًا أَنْ يَقُولَ لَهُ كُنْ فَيَكُونُ" (يس: 82)

هذه الآية تشير إلى أن الخلق كان نتيجة لإرادة الله، وهو ما يتناقض مع فكرة نشوء الكون من انفجار عشوائي أو تطور تدريجي بدون هدف.

ب. الخلق المستمر

القرآن يؤكد أن الله هو الذي يخلق كل شيء، وليس عبر عملية عشوائية.

يذكر الله في قوله:

"الَّذِي خَلَقَ السَّمَاوَاتِ وَالْأَرْضَ فِي سِتَّةِ أَيَّامٍ" (الأعراف: 54)

وهذا يشير إلى أن الخلق كان عملية منسقة ومدروسة.

الخلاصة

نظريات الانفجار العظيم والتطور تواجه تحديات كبيرة من خلال الأدلة العلمية التي تكشف عن الثغرات الجدية في تفسيرها للخلق. الثغرات في السجل الأحفوري، غياب الأدلة التجريبية على نشوء الحياة، والمشاكل الرياضية والطبيعية التي لا تفسر تطور الأنواع، تُظهر حدودًا واضحة لهذه النظريات. من خلال الأدلة العلمية والقرآنية، يظهر أن تفسير الخلق يجب أن يُفهم في إطار تدبير إلهي حكيم، يختلف تمامًا عن الفرضيات العشوائية التي تقدمها العلوم الحديثة.

ثانيًا: الأدلة التجريبية: التجارب العلمية التي تدعم فكرة الخلق الإلهي

تعد التجارب العلمية أحد الوسائل الأساسية التي يستخدمها العلماء لاختبار فرضياتهم وتقديم الأدلة على صحة نظرياتهم. ومع ذلك، تشير بعض التجارب العلمية الحديثة إلى أن هناك دلائل قوية تدعم فكرة الخلق الإلهي وتعارض بعض نظريات التطور والخلق الكوني التي تعتمد على الصدفة والعشوائية. سنعرض في هذا القسم بعض التجارب العلمية التي تؤكد وجود تصميم دقيق في الكون والحياة، وتشير إلى تدخل إلهي في عملية الخلق.

1. تجربة "الحمض النووي" (DNA) ودقة المعلومات الوراثية

تعتبر المعلومات الوراثية التي يحملها الحمض النووي (DNA) من أبرز الأدلة التي تشير إلى وجود تصميم معقد في الكائنات الحية. يحتوي الحمض النووي على شفرة وراثية تنظم بناء جميع الكائنات الحية بشكل دقيق ومعقد. إذا تم فك تشفير الحمض النووي لأي كائن حي، نجد أنه يحتوي على معلومات دقيقة تنظّم نشاط الخلايا، وتحدد وظائف الأعضاء، وتوجه عمليات النمو والتطور.

أ. دقة المعلومات الوراثية

الحمض النووي يحتوي على ما يقارب 3 مليار قاعدة نيتروجينية في الخلايا البشرية، وهذه القواعد تشكل معلومات معقدة ودقيقة بشكل مذهل. ومن المثير أن هذه المعلومات، التي يتطلب فهمها تكنولوجيا معقدة للغاية، تشير إلى وجود نظام تنظيمي محكم لا يمكن أن يكون نتاجًا لعملية عشوائية.

دليل على التصميم: الطريقة التي يتم بها تنظيم وتخزين هذه المعلومات تشير بقوة إلى وجود عقل مبدع وراء هذا النظام المعقد. إذا كانت هذه المعلومات قد نشأت من خلال عملية عشوائية، فإن الاحتمالات الرياضية لحدوث ذلك تعتبر شبه مستحيلة، حيث أن احتمال حدوث تنظيم معقد للمعلومات على مستوى الخلايا أمر بالغ الندرة.

ب. تجربة "موجات الإشعاع" في الخلايا

أظهرت بعض الدراسات أن الخلايا الحية يمكنها "التفاعل" مع إشعاعات معينة بطرق لم يستطع العلماء تفسيرها بشكل كامل، ما يعزز فكرة وجود نظام متكامل ومخططه.

2. تجربة "الانفجار العظيم" والعجز عن تفسير التوزيع الكوني

نظرًا لأن نظرية الانفجار العظيم تفسر الكون على أنه نشأ من نقطة واحدة ثم توسع بشكل عشوائي، فقد اعتُقد أن بعض الخصائص الكونية، مثل توزيع المادة في الكون، يمكن أن تفسر بشكل طبيعي وفقًا لهذه النظرية. ولكن التجارب والملاحظات الكونية الحديثة لا تدعم هذه الفكرة بشكل كامل.

أ. التوزيع الغريب للمجرات

أظهرت التجارب الحديثة أن هناك توزيعًا غير متوقع للمجرات في الكون، يتحدى التوقعات التي كانت مستندة إلى نظرية الانفجار العظيم. تشير الملاحظات إلى وجود بُنى ضخمة من المجرات تتسم بالكثافة العالية جدًا، مما يشير إلى أن الكون قد يكون قد أُنشئ بطريقة مختلفة وأكثر ترتيبًا مما تتوقعه نظرية الانفجار العظيم.

ب. توازن الطاقة الكونية

تم العثور على أدلة تشير إلى أن الطاقة الكونية يتم توزيعها بشكل متوازن للغاية، وهو ما يبدو غير محتمل إذا كان الكون قد نشأ من انفجار عشوائي. هذا التوزيع المتوازن يبدو أقرب إلى الخلق المدبر عن قصد، وهو ما يدعم الفكرة القائلة بأن الكون قد خُلق بواسطة قوى إلهية.

3. تجربة "الانتقاء الطبيعي" والقيود البيولوجية في التطور

نظرية الانتقاء الطبيعي، التي طرحها تشارلز داروين، تشير إلى أن الأنواع تتطور بشكل تدريجي عبر الانتقاء الطبيعي والتغييرات الجينية العشوائية. إلا أن التجارب البيولوجية الحديثة أظهرت بعض القيود التي تشير إلى وجود حدود لهذه العملية.

أ. حدود الطفرات العشوائية

على الرغم من أن الطفرات الوراثية يمكن أن تنتج بعض التغييرات في الكائنات الحية، إلا أن التجارب أظهرت أن الطفرات العشوائية عادة ما تكون ضارة أو لا تقدم فائدة كبيرة للكائن الحي. في الغالب، الطفرات لا تؤدي إلى تغييرات مفيدة مثل زيادة التعقيد البيولوجي، بل غالبًا ما تؤدي إلى تدهور أو فقدان في وظائف الخلايا. وهذه القيود تظهر أن عملية التطور العشوائي لا يمكن أن تفسر بالكامل تنوع الحياة وتعقيدها.

ب. عدم وجود كائنات وسيطة

السجل الأحفوري لا يقدم أدلة قوية على وجود "كائنات وسيطة" بين الأنواع، كما تنبأت نظرية التطور. على الرغم من أن هناك حفريات لبعض الكائنات التي يُعتقد أنها أسلاف مشتركة للبشر والقرود، فإن هذه الحفريات لا تظهر تطورًا تدريجيًا وموحدًا بين الأنواع. هذا يعني أن فكرة التطور التدريجي من نوع إلى آخر تتناقض مع الأدلة التجريبية، مما يعزز الفكرة القائلة بأن الكائنات قد خُلِقَت بشكل مستقل بواسطة إرادة إلهية.

4. تجربة "الخصائص الفريدة للكائنات الحية"

من خلال دراسة خصائص الكائنات الحية، يمكن ملاحظة أن بعض الخصائص البيولوجية تظهر تصميمًا معقدًا يتجاوز الاحتمالات العشوائية. هذه الخصائص تشمل:

أ. جهاز المناعة

جهاز المناعة في الإنسان والكائنات الحية الأخرى هو أحد أفضل الأمثلة على وجود تصميم متقن. الجهاز المناعي يستطيع تمييز وتدمير الكائنات الضارة من خلال مئات الآلاف من الأجسام المضادة التي يتم تكوينها بشكل متقن. يتم ضبط هذا النظام بدقة بحيث يمكنه التفاعل مع مختلف العوامل الضارة دون أن يُخطئ في تمييز الخلايا السليمة. هذه القدرة على التكيف السريع مع التغيرات البيئية تظهر بشكل واضح النظام المتقن وراء الخلق.

ب. التوازن البيئي

النظم البيئية المعقدة، التي تشمل التفاعلات بين الكائنات الحية والبيئة، تظهر تصميمًا دقيقًا لا يمكن تفسيره فقط من خلال العشوائية. فمثلاً، النباتات والحيوانات تشترك في علاقات تكاملية حيث يعتمد كل نوع على الآخر بشكل معقد، وهذا التوازن يصعب تفسيره من خلال الانتقاء الطبيعي أو العوامل العشوائية.

5. التجربة البيئية "تحولات الكائنات الحية"

بعض الدراسات أظهرت أن الكائنات الحية يمكن أن تتأقلم مع البيئات المحيطة بها بشكل يفوق قدرة الانتقاء الطبيعي على تفسيره. هذه التحولات البيئية، مثل تغييرات في شكل الجسم أو وظائف الأعضاء استجابةً لتغيرات في البيئة، تشير إلى قدرة موجهة لإعادة تنظيم الكائنات الحية بشكل أكثر تعقيدًا.

الخلاصة

تقدم التجارب العلمية الحديثة العديد من الأدلة التي تشير إلى وجود تصميم دقيق في الكون والحياة، وتدحض بعض جوانب نظرية التطور ونظرية الانفجار العظيم. من خلال دراسة المعلومات الوراثية، وتوزيع الطاقة الكونية،

و الخصائص البيولوجية المعقدة، يمكننا أن نستنتج أن الكون و الحياة ليسا نتاجًا للصدفة أو العمليات العشوائية، بل يتطلبان تصميمًا دقيقًا وتخطيطًا من قوة أعلى. هذه الأدلة تجسد الفكرة القرآنية حول الخلق الإلهي، التي تؤكد أن الخلق تم بتدبير إلهي دقيق ومتعمد.

ثالثًا. إثبات الاستحالة الاحتمالية للتطور العشوائي: كيف يستحيل علمياً أن تكون الحياة نتاج صدفة

تعتبر فكرة التطور العشوائي، التي تعتمد على فرضية أن الحياة نشأت نتيجة لصدفة عشوائية عبر الزمن، من أبرز المفاهيم التي تتبناها العديد من نظريات العلوم الحديثة. ومع ذلك، فإن الأدلة العلمية الحديثة تشير بوضوح إلى أن التطور العشوائي للحياة مستحيل من الناحية الاحتمالية، وأن الحياة لا يمكن أن تكون نتاجًا لصدفة، بل هي ثمرة تصميم دقيق وعناية متقنة.

1. الاحتمالات الرياضية:

تعد الاحتمالات الرياضية أداة قوية لفحص فكرة التطور العشوائي. في حالة الحياة، يمكننا تطبيق الاحتمالات على تكوين الجزيئات المعقدة التي تشكل الكائنات الحية. على سبيل المثال، يعتبر تكوين البروتينات في الخلايا البشرية من العمليات الحيوية الأساسية، ويعتمد على تسلسل معين من الأحماض الأمينية.

أ. تكوين البروتينات:

البروتينات هي جزيئات معقدة تتكون من تسلسل محدد للغاية من الأحماض الأمينية. تحتوي الخلية على آلاف البروتينات المختلفة، وكل واحد منها يؤدي وظيفة خاصة به، مثل بناء الأنسجة أو تسريع التفاعلات الكيميائية. والاحتمال الرياضي لتكوين بروتين معين يتطلب ترتيبًا محددًا ودقيقًا للأحماض الأمينية.

إذا افترضنا أن البروتين يتكون من 100 حمض أميني، فإن احتمال تكوين هذا البروتين عن طريق الصدفة يكون 1 من 100^20، وهو رقم ضخم بشكل لا يمكن تصوره. هذا الاحتمال يعد مستحيلاً من الناحية العملية، حتى لو كان لدينا عمر الكون بالكامل (حوالي 13.8 مليار سنة) لتكوين هذا البروتين.

***

ب. تكوين جزيئات الحمض النووي (DNA):

الحمض النووي هو المادة الوراثية التي تحدد خصائص الكائنات الحية. يتكون من تسلسل دقيق للغاية من النيوكليوتيدات. إذا أخذنا تسلسلًا مكونًا من 1,000 نيوكليوتيد، فإن احتمالية تكوين هذا التسلسل بالطريقة العشوائية دون أي تنظيم أو تدخل خارجي هي 1 من 1000^4، وهو احتمال ضئيل للغاية يقترب من الاستحالة.

2. نظام المعلومات في الخلايا:

من المعروف أن الخلايا تحتوي على نظام معلوماتي معقد للغاية يتمثل في جزيء الحمض النووي (DNA)، الذي يشبه في تصميمه النظام المعلوماتي الحاسوبي، بحيث يخزن معلومات وراثية تحدد كل جوانب الكائن الحي، بدءًا من بنيته الفيزيائية وحتى وظائفه البيولوجية.

أ. الحاجة إلى تنظيم دقيق:

كل خلية في الجسم البشري تحتوي على نسخ من DNA، وفي كل نسخة هناك معلومات وراثية محددة تنظم نمو الخلايا، تطورها، وموتها، بل وحتى كيفية استجابة الخلايا للإشارات البيئية. من المستحيل أن تكون هذه الأنظمة المعقدة قد نشأت عن طريق الصدفة أو عمليات عشوائية. فهي تتطلب "برمجة" معقدة وتخطيطًا متقنًا، مما يشير إلى أن هناك تصميمًا دقيقًا وراء خلق الحياة.

ب. أوجه التشابه بين الحياة ونظام البرمجة:

يشبه الحمض النووي في تركيبه وطريقة عمله نظامًا معقدًا من البرمجة الحاسوبية. فكما أن البرامج الحاسوبية لا تنشأ بالصدفة، كذلك لا يمكن أن تظهر الأنظمة البيولوجية المعقدة عن طريق الحظ أو الصدفة. على سبيل المثال، مجرد ترتيب الأحماض الأمينية بشكل عشوائي لن يؤدي إلى بروتينات قابلة للعمل، بل يجب أن يكون الترتيب دقيقًا ليحصل التفاعل الكيميائي الضروري لعمل البروتينات.

3. بنية الأنظمة البيئية:

من المعروف أن الأنظمة البيئية المعقدة تتطلب التوازن بين مئات من الأنواع الحية والعوامل البيئية. هذا التوازن لا يمكن أن يكون نتاجًا لصدفة عشوائية، بل يتطلب تصميمًا وتنسيقًا دقيقًا.

أ. التفاعل بين الكائنات الحية:

في النظم البيئية، تعتمد الكائنات الحية على بعضها البعض في عمليات معقدة مثل التلقيح، سلسلة الغذاء، ودورة الحياة. على سبيل المثال، بدون الحشرات التي تنقل اللقاح، لا يمكن أن تزدهر النباتات، مما يؤدي إلى تأثير سلبي على الكائنات الأخرى في النظام البيئي. إذا كان التطور قد حدث عن طريق الصدفة، فمن المستحيل أن تحدث مثل هذه الأنظمة المتكاملة والمعقدة بطريق عشوائي، حيث إن كل عنصر في النظام البيئي يجب أن يتواجد في الوقت المناسب وبالشكل الصحيح.

4. الانفجار الحيوي في الحفريات:

أظهرت الحفريات في الصخور القديمة ظاهرة مثيرة للدهشة تعرف بـ "الانفجار الكمبري"، حيث تظهر الكائنات الحية بشكل مفاجئ ومعقد في السجل الأحفوري، دون وجود أسلاف تدريجية واضحة. يعارض هذا الاكتشاف فرضية التطور التدريجي التي يدعيها داروين، ويُعد دليلاً قويًا على أن الحياة لم تنشأ تدريجيًا عبر ملايين السنين، بل ظهرت فجأة وبشكل معقد.

5. مبدأ "الحد الأقصى للطاقة" في الفيزياء:

في الفيزياء، هناك مبدأ يسمى "الحد الأقصى للطاقة"، والذي يشير إلى أن الطاقة في النظام لا يمكن أن تزداد إلى ما لا نهاية. يشير بعض العلماء إلى أن خلق الكون أو نشوء الحياة يتطلب طاقة من نوع خاص، ولا يمكن أن تنشأ الحياة في بيئة تفتقر إلى هذا النوع من الطاقة المنظمة، وهو ما يعزز فكرة أن الحياة لا يمكن أن تكون مجرد تصادف عشوائي.

6. الإشكالية الفلسفية:

حتى من منظور فلسفي، يُعتبر الادعاء بأن الحياة نشأت من خلال الصدفة أمرًا غير منطقي. فكل شيء في الحياة منظم ومتوازن لدرجة تجعل من المستحيل أن يكون هذا النظام قد نشأ عبر الصدفة العشوائية. مجرد وجود القانون الطبيعي الذي يحكم الكون والبيولوجيا يشير إلى أن هناك غاية وقصدًا في هذا النظام.

الخلاصة:

من خلال فحص الاحتمالات الرياضية، وتحليل الأنظمة البيولوجية المعقدة، ودراسة الأنماط الفيزيائية والبيئية في الحياة، نجد أن التطور العشوائي لا يمكن أن يفسر نشوء الحياة بأي حال من الأحوال. الاحتمالات العشوائية لا تتوافق مع التعقيد الدقيق الذي نراه في الكائنات الحية، بل يتطلب هذا التعقيد تصميمًا وإرادة واعية، مما يدعم الفكرة الإيمانية بأن الحياة هي ثمرة خلق إلهي.

الفصل السادس: نظريات بديلة من التراث العلمي الإسلامي

أولًا: علماء الإسلام ونظرياتهم في الخلق: استعراض آراء العلماء المسلمين حول خلق الكون والإنسان

في التراث العلمي الإسلامي، نجد أن العلماء قد قدموا تفسيرات ونظريات حول خلق الكون والإنسان تتفق مع المفاهيم الدينية الإسلامية وتبتعد عن الأفكار المادية والتفسير العشوائي الذي تتبناه النظريات الحديثة مثل التطور والانفجار العظيم. كان علماؤنا في العصور الوسطى قد تبنوا منهجًا علميًا رصينًا في تفسير الظواهر الطبيعية وفقًا لما ورد في القرآن الكريم والسنة النبوية، ومع ذلك، فإنهم لم يتوانوا في محاولة فهم هذه الظواهر باستخدام أدواتهم العقلية والعلمية في ذلك الوقت. وفيما يلي استعراض لبعض الآراء والنظريات التي طرحها علماء الإسلام حول خلق الكون والإنسان.

1. الآراء الكونية لدى العلماء المسلمين:

أ. الفارابي (المتوفي 950م):

كان الفارابي من العلماء المسلمين الذين اهتموا بدراسة الكون ونشأته. في عمله الفلسفي "المدينة الفاضلة"، تناول الفارابي موضوعات متعلقة بمفهوم الخلق، حيث اعتقد أن الكون هو نتاج إرادة الله، وأن الله هو المحرك الأول والسبب الأساسي في وجود كل شيء في هذا الكون. كما كان الفارابي يرى أن كل شيء في الكون يسير وفق قوانين ثابتة ومحددة، وهذا يتماشى مع الفكرة الإسلامية بأن الكون خُلق بواسطة إرادة الله وحكمته.

ب. ابن سينا (المتوفي 1037م):

ابن سينا، الطبيب والفيلسوف الشهير، قدم آراءً رائعة حول فلسفة الكون وخلق الإنسان. في كتابه "الشفاء"، تحدث عن مبدأ الوجود وكيف بدأ الكون من وجود واحد. ابن سينا يعتقد أن الله هو السبب الأول للخلق، وأن هذا الخلق لا يتم بشكل عشوائي بل بتسلسل منطقي ونظامي وفقًا للإرادة الإلهية. بالنسبة للإنسان، اعتقد ابن سينا أن الإنسان خُلق ككائن عاقل ومتفكر، وتعتبر الروح هي العنصر الذي يميز الإنسان عن سائر المخلوقات.

ج. ابن رشد (المتوفي 1198م):

ابن رشد كان من أكبر المفكرين في الفلسفة الإسلامية واهتم بموضوعات علمية وفلسفية عميقة. كان يؤمن بأن العلم والفلسفة لا يتعارضان مع الإيمان الديني. بالنسبة للخلق، كان ابن رشد ينظر إلى الكون باعتباره نتيجة لحكمة الله

التي ظهرت من خلال قوانين الطبيعة. وهو يرفض أي تفسيرات مادية أو عشوائية للخلق، مثل تلك التي تروج لها بعض الفلسفات الإغريقية. ورأى أن الخلق هو نتيجة لفعل الله الذي أودع فيه العقل الذي يدير الكون وفق قوانين ثابتة.

2. آراء علمية في الخلق الإنساني:

أ. الرازي (المتوفي 925م):

كان الرازي أحد العلماء البارزين في الطب والفلسفة، وقد تناول موضوع الخلق الإنساني في كتاباته. في مجال الطب، قدم الرازي الكثير من النظريات التي تفسر تكوين الإنسان. وكان يرى أن خلق الإنسان ليس مجرد حادث عشوائي، بل هو عملية مدروسة من خلال إرادة الله. وأشار إلى أن الإنسان في تكوينه يبدأ من نطفة ثم يتطور بشكل معجز داخل رحم الأم، وهو ما يتوافق مع النصوص القرآنية التي تشير إلى مراحل خلق الإنسان.

ب. الإمام الغزالي (المتوفي 1111م):

الإمام الغزالي في عمله "إحياء علوم الدين" ناقش العديد من القضايا الفلسفية والعلمية من منظور ديني. كان الغزالي يعتقد أن خلق الإنسان هو جزء من حكمة الله اللامتناهية، وأن الإنسان ليس مجرد مخلوق مادي بل هو كائن يمتلك روحًا وعقلاً يمكنه من التفكر والتأمل. كما أكد على أن خلق الإنسان يبدأ من التراب ثم يمر بمراحل مختلفة، مثل خلق الإنسان من نطفة، وكل ذلك يتوافق مع الفهم القرآني للتطور البشري.

ج. ابن خلدون (المتوفي 1406م):

ابن خلدون هو مؤرخ وفيلسوف اجتماعي معروف، وقد تناول موضوعات اجتماعية وعلمية في عمله الشهير "المقدمة". بينما كان ابن خلدون يركز بشكل أكبر على التطور الاجتماعي والثقافي، إلا أنه كان يعتقد أن الإنسان في تطوره الاجتماعي لا يمكن أن يكون نتيجة لصدفة أو عشوائية. كان يرى أن الإنسان خُلق بتوجيه إلهي، وأن المجتمع البشري تطور وفقًا لمجموعة من القوانين الطبيعية التي تحدد شكل الحياة البشرية.

3. نظريات الخلق في القرآن الكريم:

على الرغم من أن علماء الإسلام اعتمدوا على الفلسفة والعلم لتفسير خلق الكون والإنسان، فإنهم دائمًا ما ربطوا هذه النظريات بالتفسير القرآني. على سبيل المثال:

خلق الكون: القرآن الكريم يذكر في العديد من آياته أن الله هو خالق السماوات والأرض وما بينهما. وقد وصف الله نفسه في القرآن بكونه "الخلق البديع" الذي

خلق الكون من غير نموذج سابق. وقال الله تعالى: "اللَّهُ خَالِقُ كُلِّ شَيْءٍ وَهُوَ عَلَىٰ كُلِّ شَيْءٍ وَكِيلٌ" (الزمر: 62).

خلق الإنسان: في القرآن الكريم، يُذكر أن الله خلق الإنسان من طين، ثم جعله نطفة في رحم أمه، ثم خلقه إنسانًا كاملاً. وتظهر هذه المراحل بشكل دقيق في العديد من الآيات مثل قوله تعالى: "وَإِذْ قَالَ رَبُّكَ لِلْمَلَائِكَةِ إِنِّي خَالِقٌ بَشَرًا مِّنْ طِينٍ" (ص: 71).

التوازن الكوني: القرآن الكريم يوضح أيضًا التوازن والتناغم الذي يحكم الكون، مثل قوله تعالى: "وَالسَّمَاءَ رَفَعَهَا وَوَضَعَ الْمِيزَانَ" (الرحمن: 7). هذا التوازن يعكس حكمة الله في خلق الكون، وهو ما يتماشى مع النظريات الإسلامية التي تؤكد أن الكون ليس مجرد تصادف، بل هو نتيجة لإرادة إلهية حكيمة.

---

4. الخلاصة:

قدم علماء الإسلام في العصور الوسطى العديد من الآراء والنظريات حول خلق الكون والإنسان التي تنسجم مع الفهم الديني الإسلامي القائم على أن الخلق هو فعل إرادي من الله، وهو ليس نتيجة لصدفة أو تطور عشوائي. هؤلاء العلماء استخدموا الفلسفة والعلم في تفسير الخلق، مؤكدين على أن الكون يعمل وفقًا لقوانين ثابتة وأن الإنسان هو نتاج لهذه العملية المدروسة التي تتوافق مع الحكمة الإلهية.

الفصل السادس: نظريات بديلة من التراث العلمي الإسلامي

ثانيًا: ابن سينا والرازي والفارابي: رؤية علمية تتفق مع الدين

كان علماء الإسلام في العصور الوسطى مثل ابن سينا، والرازي، والفارابي من رواد الفكر العلمي والفلسفي، وقد قدموا رؤى علمية وفلسفية حول الخلق تتفق مع المبادئ الدينية الإسلامية. رغم أن هؤلاء العلماء تأثروا بالفلسفات اليونانية والهندية، إلا أنهم قدّموا تفسيرًا منسجمًا مع التفسير القرآني للخلق، وفسروا ظواهر الكون والطبيعة في ضوء الاعتقاد بأن الله هو الخالق الأول والمتحكم في هذا النظام الكوني. لنستعرض الآن بعض الرؤى التي قدمها هؤلاء العلماء والتي تتفق مع الدين:

١. ابن سينا (المتوفي 1037م):

ابن سينا، الفيلسوف والطبيب المسلم الشهير، قدم رؤية فلسفية شاملة عن الخلق تتفق مع الإسلام. كان يؤمن بأن الكون هو نتيجة لفعل إرادي من الله، ولا يمكن أن يكون نتاجًا عشوائيًا أو حتميًا كما يتصور البعض في الفلسفات الطبيعية الأخرى.

رؤية ابن سينا للخلق:

الوجود الأوّل: في فلسفته، اعتبر ابن سينا أن الله هو "الواجب الوجود"، أي أنه الوجود الذي لا يمكن أن يكون إلا هو، وكل شيء آخر في الكون هو "ممكن الوجود". وهذا يتماشى مع المبدأ القرآني الذي يُقرّ بأن الله هو الخالق الأول، الذي لا شريك له.

مبدأ الخلق: بالنسبة لابن سينا، خلق الله الكون من خلال "الإيجاد" أو "الخلق المباشر"، إذ أن الله أوجد العوالم المختلفة بتقدير تامٍ ومنهجيٍ. هذا يتفق مع القول القرآني في قوله تعالى: "إِنَّمَا قَوْلُهُ إِذَا أَرَادَ شَيْئًا أَنْ يَقُولَ لَهُ كُنْ فَيَكُونُ" (يس: 82).

العقل الفعّال: اعتقد ابن سينا أن الله قد أوجد "العقل الفعّال"، الذي هو وسيلة لتنظيم العقل البشري والوجود الكوني. وقد قدم بذلك تفسيرًا يتفق مع مفهوم العقل الذي ورد في القرآن الكريم، حيث يتم التأكيد على قدرة الله في منح الإنسان عقلاً وهدى ليصل إلى الحق.

<hr>

توافق مع الدين:

رؤية ابن سينا تدعم الفكرة الدينية التي تقول بأن الله هو الخالق الذي أوجد الكون بشكل دقيق ومنظم، وأن الإنسان ليس مجرد كائن مادي بل هو كائن ذي روح وعقل منحه الله إياه.

١. الرازي (المتوفي 925م):

كان الرازي أحد أعظم العلماء في الطب والفلسفة. أبحاثه في الطب والفلسفة تناولت قضايا كبيرة حول طبيعة الإنسان وعلاقته بالكون. رغم تأثره بالفلسفة الإغريقية، إلا أنه حاول مواءمة تفسيراته مع الإيمان الديني الإسلامي.

رؤية الرازي للخلق:

الخلق الإلهي: في كتابه "الحكمة في الطب", اعتبر الرازي أن الله هو المسبب الأول لكل الظواهر الكونية، بما في ذلك الحياة البشرية. كان يعتقد أن الله خلق الإنسان وجعل له قوى وعقلًا يتفكر به.

البحث الطبي: في تفسيره للخلق البشري، رفض الرازي تفسير الكون على أنه مجرد سلسلة من الأسباب الطبيعية العمياء. بدلاً من ذلك، أكد أن كل شيء في الجسم البشري، بدءًا من الخلايا وحتى الأعضاء المعقدة، هو نتيجة لخلق إلهي دقيق.

المفهوم الطبي المتوازن: في تعليمه الطبي، كان يرى أن الصحة والمرض هما نتيجة لتوازن دقيق في الجسم، وهو تعبير عن النظام الذي خلقه الله في الكون، وأن الله هو الذي يحيي ويميت.

<hr>

توافق مع الدين:

كانت آراء الرازي تتفق تمامًا مع النصوص القرآنية، التي تؤكد على قدرة الله في خلق الإنسان، وتنظيم كل شيء في الكون بميزان دقيق. في القرآن الكريم، نجد العديد من الآيات التي تشير إلى أن الله هو خالق الإنسان: "وَفِي أَنفُسِكُمْ أَفَلَا تُبْصِرُونَ" (الذاريات: 21).

1.الفارابي (المتوفي 950م):

الفارابي كان مفكرًا إسلاميًا شهيرًا في الفلسفة، وعُرف بتفسيراته الفلسفية حول الكون والخلق. وقد اهتم بموضوعات مثل مفهوم العقل الإلهي، وأصل الكون، وعلاقة الإنسان بالله.

رؤية الفارابي للخلق:

الوجود الإلهي الأول: الفارابي اعتمد على مبدأ الوجود الأول في تفسيره للخلق، إذ أن الله هو الوجود الذي لا يحتاج إلى أي سبب خارجي لوجوده. من هذا المنطلق، يعتبر الفارابي أن خلق الكون هو أمر مرتبط بإرادة الله المستقلة التي لا يمكن أن تكون عشوائية.

الخلق بالتدريج: الفارابي قدّم تفسيرًا للخلق بأن الله أوجد الكون تدريجيًا وفقًا لخطط إلهية، مما يتماشى مع التصور الإسلامي للخلق الذي يتم بقدر الله وحكمته.

العقل الفعّال: مثل ابن سينا، اعتقد الفارابي أيضًا بوجود "العقل الفعّال" الذي هو الوسيلة التي بها تتجلى إرادة الله في خلق الكون. هذا العقل يوجه البشر نحو

الكمال ويدير الحياة بشكل عقلاني. الفارابي يتفق مع الدين في أن الله هو الذي يرسل الهدى من خلال العقل والإلهام.

—●—

توافق مع الدين:
رؤية الفارابي للخلق تأكيد على أن الكون ليس عشوائيًا أو محكومًا بالقوانين الطبيعية فقط، بل هو ثمرة لإرادة الله. هذه الرؤية تتماشى مع الفكرة القرآنية القائلة بأن الله خلق الكون وفقًا لحكمة بالغة، حيث يقول الله تعالى في القرآن:
"وَسَارِعُوا إِلَىٰ مَغْفِرَةٍ مِّن رَّبِّكُمْ وَجَنَّةٍ عَرْضُهَا السَّمَاوَاتُ وَالْأَرْضُ أُعِدَّتْ لِلْمُتَّقِينَ" (آل عمران: 133).
خلاصة:
قدّم ابن سينا، والرازي، والفارابي رؤى فلسفية وعلمية تُظهر كيف أن الخلق ليس مجرد حادث عشوائي بل هو نتيجة لإرادة الله وحكمته، مع التأكيد على أن العقل والروح هما منبع هداية الإنسان وتنظيم الكون. هذه الرؤى تتوافق تمامًا مع النصوص الدينية الإسلامية التي تؤكد على وحدة الخالق وقدرته المطلقة في خلق الكون والإنسان، مما يعكس تناغم الفكر العلمي مع الإيمان الديني.

ثالثًا: إحياء العلم الإسلامي في مواجهة النظريات الحديثة: كيف يمكننا تطوير العلم الإسلامي ليواجه تحديات العصر

يُعتبر إحياء العلم الإسلامي في مواجهة تحديات العصر الحديث ضرورة ملحّة في وقتنا الحالي. على الرغم من التقدم العلمي الكبير الذي حققته الحضارة الغربية في مختلف المجالات، لا يزال العلم الإسلامي يحمل في طياته العديد من المفاهيم والمعارف التي يمكن أن تُسهم بشكل فعال في تطوير الفكر العلمي المعاصر، خاصةً في مواجهة النظريات التي تتعارض مع المفاهيم الدينية مثل نظريات التطور والخلق الكوني.

1.العودة إلى المصادر الإسلامية الأصلية:

القرآن الكريم والسنة النبوية هما المصدران الأساسيان للمعرفة في الفكر الإسلامي. العديد من الآيات القرآنية تقدم مفاهيم علمية معقدة تعكس النظام الكوني، وتساعد على فهم الطبيعة والخلق بشكل يتماشى مع الإيمان بالله. كيف نستفيد من القرآن في تطوير العلم؟

التفسير العلمي للآيات: يمكن للعلماء المسلمين أن يعودوا إلى تفسير الآيات التي تتعلق بالخلق، الكون، والإنسان، ويبحثوا في كيفية تطبيقها على الاكتشافات العلمية الحديثة. على سبيل المثال، القرآن يذكر كيفية تكون الجنين في رحم الأم في مراحل متعددة، وهو أمر يتطابق مع ما اكتشفته العلوم الحديثة حول التطور الجنيني.

استكشاف آيات الكون: الآيات التي تتحدث عن السماء، الأرض، والنجوم يمكن أن تُستخدم لإلهام البحوث العلمية في الفضاء والفلك، بحيث تتفق مع الحقائق الكونية ولا تتناقض مع المفاهيم الدينية.

1.الاستفادة من التراث العلمي الإسلامي:

على الرغم من التحديات التي واجهت الحضارة الإسلامية في القرون الأخيرة، فإن التراث العلمي الإسلامي يمتلك ذخيرة ضخمة من المعرفة التي يمكن أن تُستخدم في تطوير علم متكامل ينافس العلوم الحديثة.

كيف يمكننا الاستفادة من التراث الإسلامي؟

دراسة علماء المسلمين الكبار: يجب على العلماء المسلمين دراسة أعمال كبار المفكرين مثل ابن سينا، الرازي، الفارابي، والغزالي، الذين قدموا تفسيرات علمية وفلسفية للخلق والكون تتفق مع الدين. هذه الأفكار يمكن أن تُسهم في معالجة التحديات الحديثة من خلال إعادة تفسير معارفهم في ضوء الاكتشافات العلمية الجديدة.

الاستفادة من المنهج التجريبي: العلماء المسلمون في العصور الوسطى مثل الخوارزمي وابن الهيثم قدموا أسسًا للمنهج التجريبي في العلوم الطبيعية. العودة إلى هذه الأسس وتطويرها يمكن أن يساعد في تأسيس منهج علمي يناسب القيم الإسلامية ويواجه التحديات الحديثة.

1.تطوير علمي يتوافق مع القيم الإسلامية:

لتطوير علم إسلامي ينافس نظريات العصر الحديث، يجب أن يتم هذا التطوير بشكل يتماشى مع القيم الأخلاقية والشرعية. العلم ليس مجرد اكتشافات تجريبية، بل هو أداة لفهم خلق الله وإرادته في الكون.

كيف يمكن للعلم الإسلامي أن يتطور ليواجه تحديات العصر؟

تحقيق التوازن بين العلم والدين: العلم الإسلامي يجب أن يتعامل مع العلم الحديث بطريقة لا تتناقض مع الدين. بدلًا من القبول التام أو الرفض المطلق لما تقدمه العلوم الحديثة، يجب أن يتبنى المسلمون منهجًا نقديًا يعترف بإنجازات العلم الحديث، لكنه في الوقت نفسه يتأكد من أن هذه الإنجازات لا تتعارض مع المبادئ الأساسية للدين.

الاهتمام بالعقلانية والفطرة: يجب أن يُعاد الاهتمام بعلم الفطرة والعقل، حيث أن العلوم الإسلامية تؤمن بأن الإنسان يمكنه أن يصل إلى معرفة الله عبر التأمل في الكون والطبيعة. هذا المنهج يمكن أن يساعد في تفسير الظواهر الطبيعية بشكل يتماشى مع المعتقدات الدينية.

1. التعاون بين العلماء المسلمين والعلماء الغربيين:

من أجل مواجهة التحديات العلمية والفلسفية، يمكن أن يكون التعاون بين العلماء المسلمين والعلماء الغربيين ذا فائدة كبيرة. يمكن للعلماء المسلمين أن يقدموا رؤى مستندة إلى الفكر الإسلامي حول موضوعات مثل الخلق والوجود، بينما يمكنهم أيضًا الاستفادة من التقنيات والمكتسبات العلمية الحديثة.
كيف نطور هذا التعاون؟
مؤتمرات علمية مشتركة: من المهم أن تقام مؤتمرات علمية تجمع العلماء المسلمين والغربيين لمناقشة القضايا الكبرى مثل نشوء الكون وتفسير ظواهر الحياة، والعمل على إيجاد حلول نظرية وعملية متكاملة.
نشر الفكر الإسلامي في الأوساط العلمية العالمية: يجب أن يتم تعزيز دور العلماء المسلمين في الأبحاث العلمية العالمية، بحيث يكون لهم تأثير في شكل النظريات العلمية، خاصة تلك التي تتعلق بمفاهيم الخلق والوجود.

———•———

1. مواجهة تحديات الأيديولوجيات الإلحادية:

العديد من النظريات الحديثة مثل نظرية التطور والنظريات حول نشوء الكون تقوم على فرضيات مادية بحتة لا تأخذ في الاعتبار الإيمان بالله كمسبب أول. من المهم أن يُطور العلم الإسلامي منهجًا علميًا يعترف بعلمية النظريات الحديثة، ولكنه يرفض التفسيرات الإلحادية أو تلك التي تتجاهل وجود الخالق.
كيف يمكن مواجهة هذه الأيديولوجيات؟
نقد نظريات الإلحاد والتطور: يجب أن يُطوّر نقد علمي من منظور إسلامي يعرض الأدلة التي تثبت استحالة بعض النظريات الإلحادية مثل التطور العشوائي، مع تقديم بدائل علمية تتماشى مع الإيمان بالله كخالق.
استحضار الأدلة العقلية: يمكن توجيه البحوث العلمية نحو البحث في الأدلة العقلية التي تشير إلى وجود الله كخالق، مثل التوازن الدقيق للكون، التعقيد البيولوجي، والعقل البشري الذي يدرك الحقيقة.

———•———

1. أ. أهمية التعليم والتدريب:

يجب أن يتم التركيز على تحديث المناهج الدراسية في الدول الإسلامية لتعزيز التفكير النقدي و البحث العلمي من منظور إسلامي. من المهم أيضًا أن يُشجع الطلاب و العلماء على تطوير مهاراتهم البحثية مع مراعاة القيم الدينية. كيف يمكن تحقيق هذا الهدف؟

إعادة تصميم المناهج التعليمية: يجب أن تكون المناهج العلمية في المدارس و الجامعات الإسلامية شاملة، بحيث تتناول كل من العلم الحديث و النظريات الإسلامية حول الخلق.

دعم الأبحاث العلمية: من الضروري تقديم الدعم الكافي للباحثين و العلماء المسلمين الذين يعملون على تطوير العلوم الإسلامية بما يتماشى مع تحديات العصر.

خلاصة:

إحياء العلم الإسلامي لمواجهة تحديات العصر يتطلب العودة إلى الجذور الدينية والفكرية التي قدمها القرآن الكريم وسنة النبي صلى الله عليه وسلم، مع الاستفادة من التراث العلمي الإسلامي. يجب أن يتم تطوير العلم الإسلامي بطريقة نقدية تتعامل مع النظريات الحديثة بطريقة منسجمة مع الدين، مع تعزيز التعاون بين العلماء المسلمين والعلماء الغربيين، ومواجهة الأيديولوجيات الإلحادية.

رابعًا: "المغلوب مولع أبدا باتباع الغالب": مشكلة بعض العلماء المسلمين في العصر الحديث المنخدعين والمنبطحين للغرب وتحريفهم لتفسير القرآن ليوافق نظريات مزيفة

تعتبر هذه الظاهرة من أبرز المشكلات التي تواجه الفكر العلمي والديني في العالم الإسلامي في العصر الحديث، وتتمثل في انبهار بعض العلماء المسلمين وتبعيتهم للعقلية الغربية في تفسير قضايا علمية ودينية، دون أن يراعوا السياق الثقافي والديني الفريد الذي يعبر عن إيمان الأمة الإسلامية. هذا التأثر بالغرب أدى إلى تحريفات في تفسير القرآن الكريم، حتى يتماشى مع النظريات الغربية الحديثة التي تتناقض في كثير من الأحيان مع المعاني الحقيقية للنصوص القرآنية.

1. مفهوم "المغلوب مولع باتباع الغالب" وتأثيره على العلماء المسلمين:
القول الشهير "المغلوب مولع باتباع الغالب" يعكس حال بعض العلماء المسلمين الذين انبهروا بالغرب وعلومه، خاصة بعد النهضة العلمية التي شهدتها أوروبا في العصور الحديثة. هؤلاء العلماء، بدلًا من أن يظلوا متمسكين بتفسير النصوص القرآنية في ضوء المعارف الإسلامية الأصيلة، بدأوا يفضلون قبول التفسير الغربي للمفاهيم العلمية والدينية.
أسباب هذا التأثر والانبطاح للغرب:
الهيمنة الثقافية والفكرية للغرب: بعد استعار الحرب العالمية الثانية وفرض النظام الغربي، نشأت حالة من الهيمنة الثقافية والفكرية التي جعلت كثيرًا من العلماء المسلمين ينظرون إلى الغرب باعتباره النموذج المثالي في جميع المجالات.
تأثير التقدم العلمي الغربي: علماء الغرب حققوا تقدمًا هائلًا في المجالات العلمية والتكنولوجية، مما دفع بعض العلماء المسلمين إلى التصديق بتفوق الغرب، واعتقدوا أن أي شيء يتعارض مع العلم الغربي يجب أن يُرفض.
التشكيك في المعارف التقليدية: مع ظهور النظريات العلمية الحديثة مثل نظرية التطور والانفجار العظيم، بدأ بعض العلماء المسلمين في التشكيك في المعارف التقليدية المستندة إلى النصوص القرآنية، محاولين تأويلها لتتناسب مع هذه النظريات.

2. تحريف تفسيرات القرآن الكريم:

أدى هذا التأثر غير المدروس بالغرب إلى محاولات تحريف تفسيرات القرآن الكريم لتتوافق مع النظريات الغربية التي لا تتفق بالضرورة مع المعاني الحقيقية للنصوص القرآنية. مثلاً:

تفسير الخلق والكون: في مسألة خلق الكون، حاول بعض العلماء تفسير النصوص القرآنية بما يتوافق مع نظرية الانفجار العظيم، فبدلاً من تفسير القرآن باعتباره يتحدث عن الخلق الإلهي المباشر، تم تأويل بعض الآيات لتتناسب مع الفكرة القائلة بأن الكون نشأ من انفجار ضخم.

نقد نظرية التطور: رغم أن القرآن يقدم قصة واضحة لخلق الإنسان، إلا أن بعض العلماء تأثروا بنظرية داروين وحاولوا التأويل بأن الخلق في القرآن قد يكون مشابهًا لفكرة التطور التدريجي للحياة، وهو ما يتعارض مع الفهم الإسلامي التقليدي للخلق الإلهي المباشر.

3. تداعيات هذا التحريف على المجتمع الإسلامي:

تحريف التفسير القرآني والتأثر بنظريات الغرب يؤدي إلى عدة مشاكل:

إضعاف الثقة بالنصوص الدينية: عندما يتعامل العلماء مع النصوص القرآنية بشكل يتناقض مع معانيها الحقيقية من أجل التوفيق مع النظريات الغربية، فإن هذا يضعف الثقة في القرآن الكريم باعتباره المصدر الأول للمعرفة.

انفصال عن الهوية الإسلامية: الانخداع بالنظريات الغربية يمكن أن يؤدي إلى انفصال الأفراد والمجتمعات عن هويتهم الإسلامية، حيث يُنظر إلى الغرب كمرجعية علمية وفكرية في جميع المجالات، مما يؤدي إلى تهميش المعرفة الإسلامية التقليدية.

الانعكاسات الاجتماعية والثقافية: إذا تم تبني هذه التفسيرات المشوهة من قبل المؤسسات التعليمية والدينية، فإن هذا يؤدي إلى تشويش الفهم الصحيح للإيمان والعلم لدى الأجيال القادمة، وبالتالي تشويه الفهم العميق للقرآن ولتاريخ الأمة الإسلامية.

4. كيف يمكن مواجهة هذه المشكلة؟

لمواجهة هذه المشكلة يجب أن تتم عدة خطوات على مختلف الأصعدة:
أ. إعادة دراسة النصوص الدينية في ضوء المعارف الإسلامية الأصيلة:
يجب على العلماء المسلمين العودة إلى تفسير القرآن الكريم والسنة النبوية في ضوء الفهم العميق للغة العربية والسياق التاريخي، مع مراعاة الابتعاد عن التأويلات التي تتأثر بالنظريات الغربية الحديثة.

—◆—

ب. تعزيز التعليم والتفكير النقدي:
يجب أن يتم التركيز على التعليم الإسلامي الذي يشمل تفكيرًا نقديًا في العلوم الحديثة وتحليلها في ضوء النصوص الدينية. يجب أن تُشجَع الأبحاث الإسلامية المستقلة التي لا تعتمد على نظرية واحدة فقط، بل تضع في الاعتبار مختلف الأطروحات العلمية التي تلتزم بالقيم الإسلامية.

—◆—

ج. توعية العلماء والمفكرين الشباب:
يجب على الجامعات والمعاهد الإسلامية أن تعمل على توعية الطلاب والباحثين بالتحديات الفكرية التي قد يواجهونها في ظل الهيمنة الفكرية الغربية، مع التأكيد على ضرورة البحث العلمي المستقل الذي لا يساوم على القيم الإسلامية.

—◆—

د. تقديم بدائل علمية إسلامية:
من الضروري أن يسعى العلماء المسلمون إلى تقديم بدائل علمية إسلامية تناسب العصر، مع الحفاظ على أسس العقيدة والتفسير الصحيح للنصوص. يجب أن يتم تطوير العلوم الإسلامية التقليدية بحيث تكون قادرة على مواجهة التحديات الحديثة وتقديم تفسير علمي يناقش مسائل الخلق، الكون، والإنسان بما يتوافق مع العقيدة الإسلامية.

—◆—

5. الخلاصة:
إن "المغلوب مولع أبدا باتباع الغالب" هي ظاهرة خطيرة تتجلى في التأثر المفرط ببعض الأفكار والنظريات الغربية التي لا تتماشى مع الفهم الصحيح

للإسلام. يجب على العلماء المسلمين أن يتحلوا بالوعي النقدي، ويعتمدوا على الأسس الإسلامية السليمة في تفسير القرآن والحديث. عليهم أن يبتعدوا عن التفسيرات التي تحرف النصوص لتتناسب مع النظريات الحديثة، وأن يعملوا على بناء علم إسلامي مستقل، يتجاوز التأثيرات الخارجية، ويظل متماشيًا مع قيم الدين وفهمه العميق للكون والحياة.

الفصل السابع: الفطرة والعقل ـ دليل الإنسان على الخلق

أولًا: العقل والخلق: دليل الفطرة السليمة

الفطرة هي طبيعة الإنسان التي فُطر عليها منذ ولادته، وهي تجسيد للتركيبة التي صممها الله تعالى في الإنسان، مما يجعله دائم البحث عن معنى وجوده. العقل، من ناحية أخرى، هو الأداة التي يستخدمها الإنسان لفهم العالم من حوله واستخلاص الأدلة والمعاني. في هذا السياق، فإن الفطرة السليمة والعقل السليم يتجهان بشكل طبيعي نحو الإيمان بالخلق الإلهي، كدليل على وجود خالق حكيم وراء كل شيء.

1. الفطرة السليمة:

الفطرة هي الأساس الذي يربط الإنسان بالخالق، وهي مبدأ يمكن فهمه على أنه "البرمجة" الإلهية التي زرعها الله في قلب كل إنسان. وقد قال الله تعالى في القرآن الكريم:

"فِطْرَةَ اللَّهِ الَّتِي فَطَرَ النَّاسَ عَلَيْهَا" (الروم: 30).

الفطرة تقتضي الإيمان بوجود خالق، وتؤكد على أن كل شيء في الكون له سبب ومصدر. هذه الفطرة تظل ثابتة في قلب الإنسان، وإن كانت قد تتعرض للتشويش أو التحريف بسبب العوامل المحيطة مثل البيئة أو التعليم.

دلالة الفطرة على الخلق:

الفطرة تجعل الإنسان يسأل عن أصل وجوده وعن نشأته، وهذا السؤال يقوده إلى إيمان عميق بوجود خالق. في قلب كل إنسان، توجد فكرة بديهية عن الإله الخالق، حتى في غياب التعليم أو الدين المنظم، هذه الفطرة تظهر جليًا في حالات كثيرة:

الاستفهام عن السبب: الإنسان بطبعه يميل إلى السؤال عن السبب وراء وجوده ووجود الكون من حوله. هذا الميل إلى البحث عن تفسير يوجهه في النهاية إلى الإيمان بأن كل شيء له سبب أولي ومسبب.

الإحساس بالعظمة: الإنسان يشعر بعظمة الكون وطبيعته وحركته، وهذا يدعوه إلى التساؤل عن مصدر هذه العظمة. من خلال هذه الفطرة، يدرك الإنسان أن الكون لا يمكن أن يكون قد نشأ بمحض الصدفة أو نتيجة لتفاعل عشوائي.

الاعتراف بالوجود الإلهي: على الرغم من المحاولات الفكرية الحديثة التي تهدف إلى إبعاد الإنسان عن الإيمان بالله، إلا أن الفطرة لا تزال تدفع الإنسان إلى الاعتراف بوجود قوة عليا وخالق عظيم.

———◆———

1. العقل السليم والخلق:

العقل هو الأداة التي من خلالها يمكن للإنسان التوصل إلى الحقائق عن الكون والحياة. إذا كان العقل سليمًا وغير مشوه، فإنه سيتجه بشكل طبيعي إلى الإيمان بالخلق الإلهي، بناءً على الأدلة المتاحة في العالم الطبيعي. العقل السليم يستند إلى مجموعة من المبادئ المنطقية والفطرية التي تقوده إلى قناعة بأن الخلق لا يمكن أن يكون إلا نتيجة لوجود خالق حكيم.

دليل العقل على الخلق:

العقل السليم يوجه الإنسان نحو استنتاجات عقلية مبنية على منطق متماسك، ومنها:

مبدأ السببية: في العقل البشري، كل حدث يجب أن يكون له سبب. وعندما يتأمل الإنسان في الكون، يجد أن كل شيء له بداية وسبب، وهذا يقوده إلى استنتاج أن الكون نفسه لا بد له من مسبب أول. هذا المسبب الأول هو الله سبحانه وتعالى، الذي ليس له بداية أو نهاية.

تنظيم الكون ودقته: العقل يتأمل في النظام الكوني، من حركة الكواكب إلى قوانين الطبيعة، ويكتشف دقة ومواءمة لا يمكن أن تكون عشوائية. قوانين الفيزياء، الكيمياء، والبيولوجيا تشير إلى أن هذا النظام المعقد لابد أن يكون قد تم تصميمه من قبل خالق حكيم. فالعقل يدرك أن التنظيم والدقة في الكون لا يمكن أن تنشأ عن طريق الصدفة.

الوجود المتوازن للكون: العقل يدرك أن وجود الكون بهذه الصورة المتوازنة من الكواكب، النجوم، الأرض، الحياة، يتطلب تدخلاً متعمدًا من خالق. فمن غير المعقول أن تستمر كل هذه الأمور في تناغم دون أن يكون هناك سبب أو خالق يوجهها.

قضية الحياة: العقل البشري يسعى لفهم نشأة الحياة، وبالنظر إلى تعقيدها وتركيبها، يعجز عن تصديق أن هذه الحياة يمكن أن تكون قد نشأت فقط من خلال الصدفة أو التفاعلات الكيميائية العشوائية. العقل يرى أن الحياة، بكل تفاصيلها الدقيقة، تحتاج إلى خالق يعبر عن حكمته.

94

1.العلاقة بين الفطرة والعقل:

الفطرة والعقل ليسا منفصلين عن بعضهما، بل يكمل كل منهما الآخر. الفطرة تخلق في الإنسان الرغبة الأساسية في فهم الخلق، والعقل يقدم الأدلة المنطقية التي تؤكد هذه الرغبة. عندما يتقابل العقل مع الفطرة السليمة، يؤدي ذلك إلى إيمان عميق بوجود خالق، حيث تلتقي بديهيات العقل مع ما تتيحه الفطرة من توجيه نحو الإيمان.

توافق العقل مع النصوص الدينية:

النصوص القرآنية تتحدث عن الخلق بطريقة تتوافق مع الفطرة السليمة والعقل السليم. على سبيل المثال، عندما يتأمل الإنسان في الآية التي تقول: "إِنَّ فِي خَلْقِ السَّمَاوَاتِ وَالْأَرْضِ وَاخْتِلَافِ اللَّيْلِ وَالنَّهَارِ لَآيَاتٍ لِّي أُولِي الْأَلْبَابِ" (آل عمران: 190).

هذه الآية تُظهر أن التفكر في خلق الكون والظواهر الطبيعية ليس مجرد تأمل عقلي، بل هو أمر يقود الإنسان إلى الإيمان بالله كخالق حكيم ومدبر.

1.الخلاصة:

العقل والفطرة هما دليل الإنسان على الخلق الإلهي. الفطرة السليمة تدفع الإنسان إلى البحث عن الخالق، بينما العقل يقدم الأدلة المنطقية التي تدعم هذا البحث. الفطرة والعقل يشكلان معًا دليلًا قويًا على الإيمان بوجود خالق حكيم ومدبر، وهما يدعمان الفكر الديني الإسلامي في تفسير نشوء الكون والحياة.

ثانيًا: الإنسان وعجزه عن إدراك الكون كاملاً

الإنسان، على الرغم من تقدمه العلمي والتقني، يظل محدودًا في قدرته على فهم واستيعاب الكون بكل تفاصيله وأبعاده. هذه المحدودية هي جزء من طبيعته البشرية التي خلقها الله، وهي تعكس عجز الإنسان عن إدراك الخلق الإلهي في كماله. في هذا الجزء من الكتاب، نتناول هذا العجز وضرورة الاعتراف به كدليل على وجود خالق أكبر من قدرة الإنسان على الاستيعاب.

1. حدود المعرفة البشرية:

يُظهر التاريخ البشري كيف أن الإنسان قد اكتشف العديد من الحقائق عن الكون عبر الزمن، لكن هذه الاكتشافات تظل قاصرة في تفسير الجوانب العميقة والمعقدة للكون. على الرغم من التقدم الهائل في العلوم الطبيعية، مثل الفيزياء والفلك، فإن الإنسان لا يزال غير قادر على فهم كل جوانب الكون، مما يعكس بوضوح محدودية معرفته. ما يثير الاهتمام هو أن الكون مليء بالأسرار التي لا يستطيع العلم البشري تفسيرها بشكل كامل. هذا التحدي يعكس الحقيقة بأن العقل البشري لا يمكنه إدراك الخلق في جملته.

أ. علوم الفلك:

على سبيل المثال، رغم التقدم الكبير في علم الفلك، ما زال الإنسان غير قادر على تفسير الكثير من الظواهر الكونية التي تحدث بعيدًا عن الأرض. نحن نعلم أن الكون يتوسع، وأن هناك مليارات النجوم والكواكب، ولكننا لا نستطيع معرفة العدد الدقيق للنجوم أو تكوين كل الكواكب في الكون. نحن نكتشف أشياء جديدة كل يوم، ولكن كل اكتشاف يفتح بابًا آخر من الأسئلة التي لا نهاية لها.

ب. غموض الكون المظلم:

حتى في الوقت الحاضر، جزء كبير من الكون يُعتبر "مظلمًا"، وهو الجزء الذي لا يمكن للعلم أن يراه أو يلمسه بشكل مباشر. كما أظهرت أبحاث الفيزياء الحديثة، فإن "المادة المظلمة" و"الطاقة المظلمة" هما من أكبر الألغاز التي تواجه العلماء، حيث لا يزالون لا يعرفون ما هي طبيعة هذه المادة والطاقة، رغم أنها تشكل حوالي 95% من الكون. هذه الحقيقة تشير إلى أن هناك جوانب في الكون لا يستطيع العقل البشري الوصول إليها أو فهمها بالكامل.

2. العجز عن فهم الخلق الإلهي:

عجز الإنسان عن فهم الكون بكل تفاصيله هو في الحقيقة دليل على عظمة الخالق الذي أبدع هذا الكون. لا يمكن للعقل البشري المحدود أن يفسر كل شيء

في الكون على نحو كامل. وهذا ما أكده القرآن الكريم، حيث يبين لنا أن الكون وسعة خلقه وحكمة صنعه هي من أمور الله التي لا يمكن لأحد أن يحيط بها علمًا. يقول الله تعالى:

"وَمَا أُوتِيتُمْ مِنْ الْعِلْمِ إِلَّا قَلِيلًا" (الإسراء: 85).

هذه الآية تشير إلى أن الإنسان مهما بلغ من علم وافتخار بالمعرفة، فإنه لا يمكنه إدراك حقيقة الكون والإحاطة به بشكل كامل.

3. بعض الظواهر التي تعكس عجز الإنسان:

الوعي الذاتي: أحد أكبر الأسرار التي لا يستطيع الإنسان فهمها هو الوعي الذاتي. كيف ينتقل الكائن الحي من مجرد مادة إلى كائن واعٍ يدرك ذاته؟ لا تزال هذه المسألة من أعظم الألغاز التي تواجه الفلسفة والعلوم العصبية.

الظواهر الكوانتية: في مجال الفيزياء الكوانتية، تواجهنا ظواهر غريبة مثل التداخل الكمي والتشابك الكمومي، وهي ظواهر يصعب على العقل البشري استيعابها بشكل كامل. هذه الظواهر تؤكد أن هناك جانبًا من الواقع ليس فقط غير مرئي بل غير قابل للفهم تمامًا.

الخليقة الدقيقة. دراسة الكائنات الحية، من الخلايا إلى الكائنات المعقدة، يكشف عن تفاصيل دقيقة ورائعة في خلق الحياة، مثل الجينات، والإنزيمات، والتركيب الداخلي للخلية. هذه التفاصيل تحمل في طياتها تصميمًا دقيقًا لا يمكن أن يكون نتاج صدفة، ومع ذلك يظل الإنسان عاجزًا عن تفسير هذا التصميم في كليته.

◦

4. إقرار الإنسان بعجزه:

الإقرار بعجز الإنسان عن فهم كل شيء في الكون هو جزء من التواضع المعرفي الذي يفتح الأفق للإيمان. بينما يواصل العلم تطوراته، يظل الإنسان بحاجة إلى الاعتراف بأنه ليس بإمكانه إدراك كل شيء أو تفسير كل الظواهر. هذا الاعتراف يعزز من يقينه بوجود خالق أكبر وأعظم من فهمه البشري.

أ. إيمان العقل بتدبير الله:

العقل البشري، على الرغم من محدوديته، يمكنه الاستدلال على وجود تدبير إلهي حكيم من خلال التأمل في الكون. فكلما ازداد الإنسان في علمه، كلما اتضح له أن وراء هذا الكون كائنًا حكيمًا خلقه بحكمة بالغة، وهو ما يوجه الإنسان إلى الإيمان بالخلق الإلهي.

ب. الإيمان بالمجهول:

العقل البشري مدعو أيضًا للإيمان بالمجهول، وهذا لا يتعارض مع العقل أو مع المنطق. هناك العديد من الظواهر التي لا يمكن تفسيرها في الوقت الحالي، ولكن هذا لا يعني أنه لا يوجد تفسير لها. بل قد يكشف العلم في المستقبل عن بعض هذه الأسرار، ولكن حتى وإن ظل بعضها مجهولًا، فإن الإيمان بالله كخالق حكيم يظل الخيار الأكثر منطقية.

5. الخلاصة:

عجز الإنسان عن إدراك الكون كاملاً يعد دليلاً آخر على وجود خالق عظيم يتجاوز قدرات العقل البشري. بينما يسعى الإنسان لفهم الكون، إلا أن هذا السعي يظل محكومًا بحدود معرفته، مما يفتح له المجال للاعتراف بالعظمة الإلهية والتسليم بحقيقة الخلق. عجزه عن الفهم التام لا يقلل من عظمة هذا الكون، بل يعزز من الإيمان بأن هناك حكمة غائبة عن الفهم البشري، وأن هذه الحكمة تتجلى في خلق الله العظيم.

الفصل الثامن: الرد على الإلحاد العلمي

أولًا: أصل الإلحاد في العلوم الحديثة: كيف ساهمت العلوم في تقوية الحركات الإلحادية

يُعد الإلحاد في العصر الحديث أحد الظواهر التي ارتبطت ارتباطًا وثيقًا بتطور العلوم، خاصة في القرون الأخيرة التي شهدت ثورة علمية هائلة. هذه العلاقة بين الإلحاد والعلوم الحديثة ليست وليدة الصدفة، بل هي نتيجة لتطورات فكرية وثقافية ساهمت في تعميق الفكر الإلحادي، وغالبًا ما ارتبطت هذه التطورات بمحاولات لفصل الدين عن تفسير الظواهر الطبيعية. في هذا الجزء من الكتاب، نعرض كيف ساهمت العلوم الحديثة في تقوية الحركات الإلحادية من خلال عدة محاور أساسية.

1. العلم والفصل بين الدين والكون:

في البداية، كان العلم جزءًا من فهم الإنسان للكون ضمن إطار ديني، حيث كان الكثير من العلماء يتبنون فكرة أن العلم هو وسيلة لفهم خلق الله. ولكن مع تطور العلوم الطبيعية في العصور الحديثة، بدأت فكرة الفصل بين الدين والعلم تزداد رسوخًا. في القرنين السابع والثامن عشر، وبالتزامن مع الثورة العلمية، بدأ العلماء يعتقدون بأن العلم لا يحتاج إلى تفسيرات دينية لفهم الظواهر الطبيعية. وظهرت هذه النزعة بشكل بارز مع الفكر الفلسفي الذي تبنّى فكرة أن الطبيعة يمكن تفسيرها بقوانين مستقلة عن تدخل إلهي.

أ. التقدم العلمي والفكر الطبيعي:

التطورات الكبرى في مجالات مثل الفلك، والفيزياء، والكيمياء، وعلوم الأرض، قد أثبتت أن الظواهر الطبيعية يمكن فهمها بشكل مادي بحت، دون الحاجة إلى إشارة إلى قوى إلهية. هذا التفسير المادي للطبيعة فتح الباب أمام أيديولوجيات الإلحاد، حيث بدأ العديد من المفكرين يرى أن العالم يمكن تفسيره عبر قوانين الطبيعة فقط، مما أضعف من تأثير الفكر الديني في تفسير الكون.

2. نظرية التطور والرد على فكرة الخلق:

من أبرز الأدوات التي ساعدت في تعزيز الفكر الإلحادي هي نظرية التطور التي طرحها تشارلز داروين في القرن التاسع عشر. كانت هذه النظرية بمثابة تحدٍ مباشر لفكرة الخلق الإلهي. حيث افترض داروين أن الكائنات الحية تطورت على مر الزمن عبر عملية الانتقاء الطبيعي، وأن الإنسان، مثل باقي الكائنات الحية، هو نتاج لهذا التطور، وليس خلقًا مباشرًا من قبل إله. هذا الطرح العلمي

ألهم العديد من المفكرين الإلحاديين، وأصبح أحد الأسس التي استند إليها الفكر الإلحادي لتفسير الحياة والوجود، بعيدًا عن أي تصور ديني.

أ. تأثير نظرية التطور على الفهم الديني:

نظرية التطور أثارت الكثير من الجدل بين العلماء والدينيين على حد سواء. فالإلحاديون استخدموا هذه النظرية لتأكيد عدم الحاجة إلى وجود خالق في تفسير نشأة الإنسان والكائنات الحية. من هنا، أصبح التطور هو السردية العلمية السائدة التي تبنتها الحركات الإلحادية لتعزيز موقفها ضد أي تفسير ديني للخلق. في المقابل، فإن العلم كان قد بدأ يقدم تفسيرًا ماديًا للوجود، وهو ما عمَّق قناعة الإلحاديين بعدم وجود خالق وراء هذا التنوع والاتساق في الطبيعة.

3. المادة والطبيعة: الرؤية المادية للكون:

في أواخر القرن التاسع عشر وبداية القرن العشرين، أصبح الفكر المادي هو السائد في العديد من المجالات العلمية، مما دعم الإلحاد كفلسفة علمية. فقد قدم العلماء الذين تبنوا الرؤية المادية الكونَ كظاهرة مكونة من مادة وطاقة فقط، مع قوانين ثابتة تحكم هذه المادة. لم يعد هناك حاجة إلى تدخل إلهي لتفسير كيف تعمل الظواهر الطبيعية؛ بدلاً من ذلك، أصبح كل شيء نتيجة للقوانين الطبيعية التي يمكن اكتشافها وفهمها عن طريق التجربة والعقل.

أ. قوانين الطبيعة:

لقد ساهمت هذه الرؤية المادية في تعزيز الإلحاد، حيث اعتُبر أن الكون يعمل وفقًا لقوانين ثابتة لا تتطلب وجود قوة إلهية لتوجيهها. فعلى سبيل المثال، ساهمت نظريات مثل "قانون الحفاظ على الطاقة" و"قانون الجذب العام" في توجيه الفهم العلمي نحو فكرة أن الكون منظم بقوانين مادية وأنه لا حاجة لوجود خالق لتنظيم هذه القوانين. وبذلك، أصبح الكون في نظر العديد من العلماء والمفكرين مجرد مجموعة من العمليات المادية التي تعمل بمعزل عن أي تدبير إلهي.

4. المادية الجديدة والفلسفات الإلحادية:

في القرن العشرين، ظهر العديد من الفلاسفة والعلماء الذين ساندوا الفكر الإلحادي من خلال اعتمادهم على المنهج المادي في تفسير الكون والإنسان. على سبيل المثال، كان من أبرز هؤلاء الفلاسفة عالم الفيزياء ريتشارد داوكينز، الذي قدم في كتابه "وهم الإله" رؤية إلحادية مؤكدة أن الكون يمكن تفسيره عبر العلم، دون الحاجة لوجود إله. كذلك، حاول العديد من المفكرين الإلحاديين إظهار أن الإيمان بالله يتعارض مع التقدم العلمي.

أ. فلسفة الداروينية الحديثة:

التطورات الحديثة في الداروينية أيضًا كانت أحد الأسباب التي غذت الفكر الإلحادي، حيث أصبحت الداروينية الحديثة هي التفسير المادي لجميع أشكال الحياة على الأرض. الفكر الدارويني لم يعد يقتصر على تفسير تطور الكائنات الحية، بل أصبح له دور في تفسير أصل الإنسان بشكل مادي بحت. هذا النهج كان له تأثير كبير على الجيل الجديد من المفكرين والعلماء الذين تبنوا الإلحاد بناءً على هذه الرؤية.

5. خلاصة:

إن تأثير العلوم في تقوية الفكر الإلحادي ليس ناتجًا عن صراع بين الدين والعلم في جوهره، بل هو نتيجة لتطور الفهم العلمي الذي بدأ يبتعد عن التفسيرات الإلهية للظواهر الطبيعية. فمع تقدم العلم في تفسير الكون والإنسان، تم تهميش الدور الذي يلعبه الإيمان بالله في تفسير هذه الظواهر. لذا، يظل الإلحاد العلمي أحد النتاجات الفكرية التي رافقت تطور العلوم الحديثة، خاصة مع النظرية المادية التي تسعى إلى تفسير الكون والطبيعة من خلال قوانين مادية فقط، وهو ما يتناقض مع الإيمان بوجود خالق مدبر لهذا الكون.

في النهاية، تتضح حقيقة أن العلم مهما بلغ من تطور، فإنه لا يستطيع وحده تفسير كل شيء حول الوجود، ولا يزال الإيمان بالخلق الإلهي هو التفسير الأكثر اتساقًا مع الفطرة والعقل.

الفصل الثامن: الرد على الإلحاد العلمي

ثانيًا. تفكيك حجج الملاحدة العلمية. تحليل الردود العلمية والفلسفية على حجج الإلحاد وتزييف العلوم لتناسب إلحادهم

تقديم حجج الإلحاد العلمية، على الرغم من أنها تبدو أحيانًا مدعومة بالأدلة العلمية، لا يعد دليلاً قاطعًا على عدم وجود خالق للكون. بل إن هناك العديد من الردود العلمية والفلسفية التي تكشف عن التناقضات في تلك الحجج وتُظهر تلاعبًا في تفسير العلوم بما يخدم الأيديولوجية الإلحادية. سنناقش في هذا الجزء كيفية تفكيك هذه الحجج عبر الردود العلمية والفلسفية المختلفة.

1. تفسير "الانفجار العظيم" لا يتعارض مع وجود خالق

من أبرز الحجج التي يقدمها الملاحدة هو تفسير "الانفجار العظيم" الذي يُعتقد أنه بداية الكون. وفقًا لهذه النظرية، بدأ الكون من نقطة دالة على تفرقه وتوسعه في لحظة معينة من الزمن. يُستدل من ذلك على أن الكون بدأ من لا شيء. بينما يستفيد الملاحدة من هذه الفكرة لادعاء أن الكون وُجد بالصدفة وبدون خالق، فإن هذه الفكرة نفسها تحمل تناقضات علمية وفلسفية.

الرد العلمي:

بالرغم من أن "الانفجار العظيم" يعرض بداية للكون، فإنه لا يقدم تفسيرًا للسبب الأول الذي أدى إلى حدوث هذا الانفجار. ما قبل الانفجار العظيم يبقى غامضًا، ويستمر العلماء في طرح أسئلة حول "ماذا كان قبل الانفجار؟" أو "من أين جاءت المادة والطاقة التي انفجرت؟" هذه الأسئلة تفتح المجال للفرضية الإلهية التي ترى أن الكون قد خُلق بتوجيه إلهي.

الفلسفة: الوجود نفسه يمثل معضلة فلسفية. فالفكرة القائلة بأن "الكون نشأ من لا شيء" تتناقض مع المبادئ العقلية التي تقول إن "الوجود لا ينبثق من العدم". وهذا يتفق مع فكرة الخلق الإلهي التي تدعو إلى أن هناك سببًا أوليًا للوجود.

<hr>

نظرية التطور: هل تدعم الإلحاد؟

نظرية التطور، التي وضعها تشارلز داروين، هي إحدى الحجج الرئيسية التي يعتمد عليها الملاحدة. يعتقد البعض أن التطور العشوائي للكائنات الحية عن طريق الانتقاء الطبيعي يثبت أن الحياة نشأت بدون تدخل إلهي. ووفقًا لهذا الرأي، تتطور الكائنات الحية بشكل تدريجي عبر ملايين السنين بدون حاجة إلى خالق.

الرد العلمي:

نظرية التطور لا تشرح نشوء الحياة من العدم. بمعنى آخر، يمكن أن تفسر كيفية تطور الكائنات الحية بعد نشوء الحياة، ولكنها لا تفسر كيف نشأت الحياة نفسها. كما أن التطور لا يفسر نشوء المعلومات المعقدة داخل الحمض النووي (DNA)، وهو أمر يعترف به العديد من العلماء الذين يشيرون إلى أن المعلومات الوراثية بحاجة إلى "مصمم" لإنشائها.

الفلسفة: نظرية التطور تعالج مشكلة "كيف تطورت الكائنات الحية؟"، لكنها لا تقدم جوابًا على سؤال أعمق: "لماذا توجد الحياة؟" فمجرد وجود الحياة والعقل لا يمكن تفسيره بتطور عشوائي. العقل البشري نفسه، القادر على التفكر والتأمل في الوجود، يمثل تحديًا كبيرًا للنظريات الإلحادية.

104

1.العلم لا يثبت نفي وجود الخالق

من الحجج الشائعة للملاحدة هو أن العلم، عبر تفسيراته الطبيعية للظواهر، يثبت أن الكون لا يحتاج إلى خالق. في الواقع، إن العلم هو أداة لفهم كيف تعمل الطبيعة، وليس أداة لإثبات أو نفي وجود خالق.
الرد العلمي:
العلم يختص بتفسير الظواهر الطبيعية، لكن لا يمكن للعلم أن يفسر الأسئلة الميتافيزيقية المتعلقة بوجود الخالق. على سبيل المثال، العلم يمكنه أن يدرس كيفية عمل الكون، ولكنه لا يستطيع أن يجيب على سؤال: "لماذا يوجد الكون؟". لهذا، فإن الاستدلال العلمي على الإلحاد أمر غير منطقي، لأن العلم نفسه لا يمتلك الأداة الكافية للإجابة على مثل هذه الأسئلة.
الفلسفة: غالبًا ما يتجاهل الفكر الإلحادي الفارق بين العلوم الطبيعية والميتافيزيقا (الذي يهتم بالوجود والمبادئ الأولية). ما يقدمه العلم لا يتجاوز "كيف" عمل الأشياء، لكن الإجابة على "لماذا" يتطلب منهجًا مختلفًا، يتجاوز الحدود المادية للعلم.

1.تحريف السجل الأحفوري لصالح الإلحاد

يستغل البعض السجل الأحفوري لتأكيد نظرية التطور وتقديمها كدليل على نشوء الحياة من الكائنات البدائية بشكل عشوائي. إلا أن السجل الأحفوري مليء بالثغرات التي لا تفسر تطور الكائنات بشكل سلس أو متتابع.
الرد العلمي:
العديد من الحفريات التي يتم اكتشافها لا تظهر تطورًا تدريجيًا كما يفترض في نظرية التطور. السجل الأحفوري مليء بالثقوب التي تشير إلى أن الكائنات ظهرت فجأة مع خصائص معقدة جدًا دون وجود أدلة تطورية تربط بينها وبين أسلافها.
الفلسفة: إذا كانت الحياة قد تطورت بشكل تدريجي، فإن السجل الأحفوري كان ينبغي أن يحتوي على العديد من الحلقات المفقودة التي تظهر التحولات

التدريجية بين الأنواع. غياب هذه الحلقات هو دليل قوي على أن التطور كما يُفهم من قبل الملاحدة ليس تفسيرًا كاملاً للواقع.

1.الخطأ في تفسير "الصدفة" في نشوء الكون

يعتقد بعض الملاحدة أن الكون نشأ عن طريق "الصدفة" أو "الحظ" أو عمليات عشوائية. لكن الفكرة بأن الكون المترابط والمعقد نشأ عن طريق الصدفة تتناقض مع الفهم العقلاني.
الرد العلمي:
التفسير العلمي للصدفة لا يتوافق مع "القانون الطبيعي" الذي يسيطر على الكون. الكثافة العالية للمعرفة المنطقية التي نراها في الكون، مثل التوازن الدقيق للطاقة والقوانين الفيزيائية، يصعب تفسيرها على أنها نتيجة للصدفة.
الفلسفة: إذا كانت الحياة والكون قد نشأ من الصدفة، فهذا يعني أن كل شيء قد حدث بشكل عشوائي وغير قابل للتفسير. لكن العقل البشري لا يقبل فكرة أن شيءًا معقدًا وجد بدون غاية أو سبب، وهذا يتناقض مع الفطرة السليمة التي تدعو إلى الإيمان بخالق حكيم.

1.خداع العلوم في خدمة الإلحاد

من بين الحجج التي يُستخدم فيها العلم لدعم الإلحاد، نجد أحيانًا أن بعض المفاهيم العلمية يتم تحريفها أو تقديمها بشكل خاطئ لتناسب وجهات النظر الإلحادية. يمكن أن يكون ذلك عن طريق تبسيط أو تقديم معلومات علمية بشكل انتقائي لتدعيم الفكرة الإلحادية.
الرد العلمي والفلسفي:
يجب دائمًا أن يتم التحقق من الأدلة العلمية بشكل نقدي. تقديم أفكار علمية معزولة عن سياقها الصحيح قد يؤدي إلى التلاعب بالحقائق. العلم لا يثبت أو ينفي وجود الخالق. ومع ذلك، العديد من العلماء الذين يرفضون الإلحاد يتبنون الفكرة الدينية كأساس لفهم الكون وحركته.

الخلاصة

الحجج التي يقدمها الملاحدة باستخدام العلم لا تحمل في طياتها دليلاً قاطعًا على عدم وجود خالق. بل على العكس، هناك العديد من الثغرات في هذه الحجج، والعديد من الأدلة التي تشير إلى أن العلم نفسه يمكن أن يكون داعمًا لفكرة الخلق الإلهي. العلماء الذين يسعون لفصل العلم عن الدين غالبًا ما يتلاعبون في تفسير الأدلة العلمية وفقًا لأيديولوجيتهم، لكن في النهاية، يبقى العلم عاجزًا عن تقديم إجابة كاملة حول "سبب وجود الكون" و"كيف نشأت الحياة".

ثالثًا. التوفيق بين العلم والإيمان: تقديم رؤية تجمع بين العلم والدين دون تناقض

العلاقة بين العلم والإيمان تظل مسألة شائكة، ولكن يجب فهم أن هناك اختلافًا جوهريًا بين ما يقدمه العلم الإلحادي وما يراه الإيمان بالله. إليك كيفية التوفيق بينهما بناءً على رؤيتك حول الإلحاد والعلم الحديث:

١. العلم يُعنى بكيفية حدوث الأشياء، والدين يُعنى بالغرض من الوجود

العلم: يختص بفحص الظواهر الطبيعية، ولكن دون أن يستطيع تفسير الهدف الحقيقي من وجود الكون أو حياة الإنسان. العلم الحديث يظل عاجزًا عن تفسير "لماذا" الكون موجود وكيف ظهر.

الدين: يقدم إجابات حول هذا السؤال العميق؛ لماذا خلق الله هذا الكون، وما الهدف من وجوده. في الإسلام، نؤمن أن الكون ليس صدفة، بل هو نتيجة لقرار إلهي مع غرض سامٍ، وهذا يتناقض مع النظريات العلمية المعتمدة على الصدفة.

---

١. نظرية التطور تناقض الدين ولا تتفق مع الخلق الإلهي

نظرية التطور لا يمكن التوفيق بينها وبين الإيمان بالخلق الإلهي، حيث أن التطور يقترح أن الحياة نشأت وتطورت عن طريق آليات عشوائية وبدون قصد إلهي، مما يتناقض مع الحقيقة الدينية التي تؤكد أن الله هو الخالق المدبر.

التطور كخرافة علمية: هذا الطرح يرفض فكرة الخلق المباشر للإنسان والكائنات الأخرى ويقدم تصورًا عن "التطور العشوائي" الذي لا يتوافق مع النظرة الدينية التي ترى أن الخلق كان بتوجيه إلهي مباشر.

التطور ومفاهيم الإيمان: تطور الكائنات الحية عبر مليارات السنين على نحو عشوائي يتناقض مع التصور الديني عن خلق الله للإنسان والكائنات الأخرى بشكل مباشر وكامل. في الدين، الله خلق الإنسان في أفضل صورة، وهذه الفكرة لا يمكن أن يتقبلها التفسير التطوري الذي يعتمد على المصادفة.

1.العلم الحديث حول الفضاء والتطور: خرافات ناسا والعلم الشيطاني

الحديث عن الفضاء والكون وفقًا لما تقدمه وكالة ناسا والعديد من الوكالات العلمية الحديثة يمثل في نظر البعض خرافات تُستخدم لتضليل الناس وتفكيك الفهم الديني السليم.

فضاء غير حقيقي: الفكرة القائلة بوجود الفضاء الخارجي كما يُقدّم في العلم الحديث، والتي تتضمن السفر إلى كواكب أخرى أو اكتشاف المجرات البعيدة، هي خرافات لا تؤمن بها معظم الأديان. هذا العلم في نظرنا مجرد وسيلة لخلق إلهاء للإنسان وتشويش فهمه للخلق الإلهي.

العلم الشيطاني: نظريات الفضاء والانفجار العظيم ليست سوى محاولات للتغريب والتشكيك في الدين وإبعاد الإنسان عن الله. الفضاء، كما يُصور من خلال التجارب التي تقوم بها ناسا وغيرها، يتناقض مع الحقائق القرآنية التي تؤكد أن الله هو الذي خلق السماوات والأرض في ستة أيام. هذه "الحقائق" العلمية المستخلصة من ناسا وغيرها تهدف إلى تفكيك أساسيات الإيمان والاعتماد على تفسيرات مادية لا تتفق مع الدين.

1.العلم والإيمان في تكامل من دون تعارض

يجب أن يكون الإيمان بالله هو المحور الرئيسي الذي يوجه الإنسان في فهم الكون، وليس العلم الذي يسعى لإيجاد تفسيرات مادية تسعى للابتعاد عن الغرض الإلهي. العلم الذي يبتعد عن الغاية الإلهية لا يمكن أن يكون مقبولًا من منظور ديني.

العلم يفسر "كيف" بينما الدين يفسر "لماذا": العلم لا يستطيع الإجابة عن التساؤلات الوجودية التي تتعلق بالغاية من وجود الكون. على العكس، يجيب الدين على هذه الأسئلة ويقدم للإنسان الغاية العليا من الخلق والوجود.

تكامل العلم مع الدين: العلم الذي يعزز من إيمان الإنسان بالله ويكشف عن عظمة الخلق، هو الذي يتفق مع الدين. لكن العلم الذي يسعى لتقديم تفسيرات مادية جامدة لا يأخذ بعين الاعتبار الحكمة الإلهية في الخلق، فهو علم مرفوض.

1.استحالة التوفيق بين التطور والعلم الديني

لا يمكن أن يتوافق أي علم مادي يدعي أن الحياة نشأت من عشوائية أو صدف مع ديننا الذي يصر على أن الله هو الخالق المدبر. فكرة أن الحياة نشأت من مواد غير حية عبر ملايين السنين دون تدخل إلهي، هو أمر يتناقض جوهريًا مع معتقداتنا حول الخلق والتكوين.

التطور كأيديولوجية ملحدة: يتم استخدام التطور كأيديولوجية ملحدة تسعى للتشكيك في فكرة الخلق الإلهي، وتروج لفكرة أن الإنسان هو نتاج للصدفة وليس الخلق الإلهي.

الخلق المباشر: الإيمان بأن الله خلق الإنسان والكائنات الحية بشكل مباشر ومحدد يتناقض مع فكرة التطور العشوائي، حيث أن كل شيء في الكون تم خلقه بتوجيه إلهي وليس عن طريق صدفة أو تصادف.

الخلاصة

العلاقة بين العلم والدين يجب أن تكون علاقة تكاملية، حيث يمكن للعلم أن يكشف عن عظمة خلق الله إذا تم التعامل معه بشكل يتفق مع المبادئ الدينية. ومع ذلك، لا يمكن قبول النظريات العلمية التي تتناقض مع الحقائق الدينية مثل نظرية التطور أو أفكار الفضاء التي تُروج لها الوكالات العلمية الحديثة. الدين يقدم الفهم الأعمق للكون ويجيب على الأسئلة الوجودية، في حين أن العلم يمكن أن يفسر الظواهر الطبيعية، ولكن فقط عندما يتم توجيه العلم ليخدم الحقيقة الدينية ولا يتناقض معها.

الخاتمة

أولًا: ملخص الأفكار

في هذا الكتاب، تم عرض العديد من الأفكار والآراء التي تتعلق بالعلاقة بين العلم والدين، وأهمية التفريق بين الحقائق العلمية والنظريات غير المثبتة. بدايةً، أكدنا على ضرورة التمييز بين ما هو ثابت وقائم على الأدلة القوية، مثل خلق الكون كما ورد في النصوص الدينية، وبين النظريات التي تفتقر إلى الأدلة الكافية، مثل نظرية التطور والنظريات المادية حول الكون.

التفريق بين الحقائق والنظريات: يجب على الإنسان أن يكون قادرًا على التمييز بين الحقائق العلمية التي تم إثباتها من خلال التجارب والبحوث المستمرة، وبين النظريات التي لم يتم التأكد من صحتها ولا تمتلك دليلًا قاطعًا على صحتها. الكثير من النظريات التي تُقدّم على أنها "حقائق" هي في الواقع مجرد افتراضات لم يتم التحقق منها بشكل كامل، بل وعلى العكس، يتم فرضها كما لو كانت بديهيات علمية ثابتة، رغم أنه لا يوجد دليل تجريبي نهائي يدعمها.

التأكيد على الخلق الإلهي: العلم، على الرغم من أهميته في فهم الظواهر الطبيعية، لا يمكن أن يقدم تفسيرًا كاملًا للوجود والغرض من الحياة. تفسير الخلق يجب أن يكون في إطار الإيمان بالله، الذي هو أساس كل شيء، حيث أن الإنسان لا يستطيع إدراك كامل الحقيقة عن الكون إلا من خلال النظرة الدينية التي تعطيه الغاية والمعنى.

مواجهة الفكر الإلحادي: في عصرنا الحديث، نجد أن بعض الفرضيات العلمية مثل التطور والانفجار العظيم قد تم تبنيها بشكل يتجاهل الغرض الإلهي ويضع الإنسان في مركز الكون كمجرد نتيجة للصدفة العمياء. في المقابل، يبقى الدين هو الذي يحقق التوازن بين العلم والإيمان، ويقدم فهمًا أعمق للكون، ويشرح الغاية الإلهية وراء كل شيء.

إحياء العلم الإسلامي: لا ينبغي أن ننسى أهمية الاستفادة من التراث العلمي الإسلامي الذي كان متقدمًا في العديد من المجالات، حيث قدم العلماء المسلمون رؤى علمية تتفق مع الدين. إحياء هذا التراث من خلال البحث والممارسة العلمية يجب أن يكون جزءًا من إجابتنا على التحديات الفكرية المعاصرة.

في الختام، يبقى العلم والدين في تناغم إذا تم فهم كل منهما في سياقه الصحيح. العلم يجب أن يخدم الفهم الديني للكون، ولا يجب أن يتصادم مع المفاهيم الدينية الجوهرية. والإنسان يجب أن يحافظ على إيمانه بالخلق الإلهي، فهو أساس الحياة وكل شيء حولنا.

ثانيًا: دعوة للعودة إلى الفطرة

في خضم هذا الزمان الذي يعج بالمتغيرات والمفاهيم المتناقضة، تظل الفطرة السليمة هي الطريق الأمثل لإدراك الحقيقة. لقد حاولنا في هذا الكتاب أن نسلط الضوء على حقيقة الخلق الإلهي، وكيف أن النظريات الحديثة التي تُقدّم على أنها تفسيرات علمية تفتقر إلى الأدلة القاطعة وتتناقض مع الفطرة الإنسانية التي تدعو للإيمان بالله تعالى.

إن الفطرة هي الإحساس العميق في القلب الذي يدفع الإنسان إلى الاعتراف بوجود خالق عظيم، هو الذي خلق الكون وكل ما فيه. وهي ليست متأثرة بالآراء العلمية المغلوطة أو النظريات التي تروجها المؤسسات التي تحاول فصل العلم عن الدين. الفطرة التي يزرعها الله في قلب كل إنسان تدعوه للإيمان بوجود خالق متعالٍ، متقن في صنعه، لا يتناقض مع العلم الحقيقي أو مع ما يراه الإنسان من عجائب الكون.

دعوتنا لك، عزيزي القارئ، هي العودة إلى تلك الفطرة السليمة التي فطر الله الناس عليها. ندعوك للتفكر في عظَمة الخلق والتأمل في آيات الله التي تدل على قدرته، والتوجه نحو إيمان راسخ بأن الله هو خالق كل شيء. لعلَّك تدرك، كما أدرك غيرك، أن العلم ليس خصمًا للإيمان، بل هو أداة لفهم هذا الخلق الإلهي بشكل أعمق.

في النهاية، العودة إلى الفطرة تعني العودة إلى الأصل، إلى الإيمان الفطري بوجود خالق عظيم لا يحتاج إلى دليل مادي أو علمي للإثبات، بل يكفي أن ينظر الإنسان في نفسه، في السماء، في الأرض، وفي كل شيء حوله ليكتشف أن هذا الكون العظيم لا بد له من خالق. وبتأمل هذا الخلق والتفكر فيه، يزداد إيمان الإنسان ويقينه بأن الله سبحانه وتعالى هو الحي القيوم، وأن كل شيء في هذا الكون قد تم خلقه وفقًا لإرادته وحكمته.

فتأمل، عزيزي القارئ، في هذا الكون وابدأ رحلة العودة إلى فطرتك السليمة التي تقودك للإيمان الراسخ بالله تعالى، وتدرك أن العلم والدين لا يتناقضان بل يتكاملان في فهم هذه الحياة العظيمة.

المراجع:

1.القرآن الكريم ـ المصحف الشريف: المرجع الأساسي في تفسير الخلق والكون من منظور إسلامي، والآيات التي تدل على عظمة الخلق والإبداع الإلهي.

1.ابن كثير، إسماعيل ـ "تفسير القرآن العظيم": من أشهر كتب التفسير، حيث قام بتفسير الآيات المتعلقة بالخلق والكون، وقارن بين التفسيرات العلمية والشرعية.

1.الرازي، فخر الدين ـ "مفاتيح الغيب": تفسيره الذي تطرق إلى مفهوم الخلق والكون في ضوء النصوص القرآنية والفهم العقلاني.

1.الفخر الرازي ـ "أساس التفسير": أحد التفاسير التي تقارن بين التفسير العلمي والديني.

1.ابن سينا، أبو علي ـ "الشفاء": يتناول فيه رؤيته الفلسفية والعلمية لخلق الكون، وكيفية توافق العقل البشري مع النصوص الدينية.

1.داروين، تشارلز ـ "أصل الأنواع": الكتاب الذي يروج لنظرية التطور، التي يتم نقدها في هذا الكتاب من خلال مقارنات مع الرؤية القرآنية.

كوبرنيكوس، نيكولاس ـ "ثورة في علم الفلك": يقدم فيه نظرية الكون heliocentric التي تم نقدها في الفصل الثالث على ضوء النصوص الدينية.

ميشيل سيرفانتس ـ "حوار في الفلك والكون": يناقش فيه تطور الفهم البشري للفضاء والكواكب وتصورات الكون، من خلال منظور فلسفي وعلمي.

هارولد كوفمان ـ "نقد النظريات العلمية الحديثة": يناقش في هذا الكتاب كيف أن النظريات العلمية الحديثة لا يمكن اعتبارها مثبتة علمياً بشكل قاطع، وكيف يمكن أن تكون مرتبطة بالمفاهيم الدينية.

ألان سورين ـ "علم الفضاء وعلاقته بالدين": يتطرق إلى كيفية استخدام علوم الفضاء في ترويج الأفكار الإلحادية، ويقدم رداً على المفاهيم المغلوطة التي يتم تداولها.

مركز الأبحاث الإسلامية ـ "التوحيد وخلق الكون في القرآن الكريم": يقدم دراسات تفسيرية تُوضح كيف يشرح القرآن الكريم الكون والخلق، بعيدًا عن النظريات الحديثة التي تتناقض مع الدين.

البرهان، أحمد ـ "الرد على نظرية التطور": دراسة معمقة عن نظرية التطور وتفنيدها على ضوء القرآن الكريم والعلوم الحديثة.

1.جورج غالي، "النظريات العلمية الحديثة والإلحاد": دراسة تحليلية عن كيفية تأثير النظريات العلمية الحديثة في انتشار الإلحاد وكيف يمكن الرد عليها من خلال الفكر الإسلامي.

1.علي بن أبي طالب ـ "حكمة الإيمان": يشرح فيها الحكمة الإلهية في خلق الكون وكيف أن الإيمان بالله يتماشى مع العقل والعلم.

1.المجلس الأعلى للأبحاث الإسلامية ـ "النظريات العلمية والنصوص القرآنية": يركز على التحديات الفكرية التي تظهر بين الفهم العلمي والديني في قضايا الخلق والكون.